SNÖPORTALEN II

RESUMÉ

Detta är andra delen i en serie om snöportalen

Bertil skulle ut och jaga mitt i vintern och körde sin skoter till Hosiojärvi i Pajala, där han skulle stanna skotern och därifrån börja jaga.

När han skulle ställa skotern i en glänta transporterades han plötsligt in i en annan värld.

När vi lämnade Bertil i den tidigare historien, hade han tillsammans med Wolf åkt med sin skoter igenom den andra portalen och de kunde inte vara säkra på var de skulle hamna.

Denna historia börjar då de precis kommit igenom portalen!

Janne OB Larsson (Jan Larsson)

En resa i främmande land?

Janne OB Larsson

SNÖPORTALEN II

Illustration: ***Janne OB, Larsson***

Förlag: BoD – Books on Demand, Stockholm, Sverige

Tryck: BoD – Books on Demand, Norderstedt, Tyskland

ISBN: 9789178510108

SNÖPORTALEN II

Vi kom igenom portalen och ut på andra sidan och möttes av en bitande kyla som bet i kinderna och vi hade hamnat i gläntan som vi hade sett på videon i mobiltelefonen tidigare.

Jag stannade skotern och tittade bakåt, kälken var med och hela dess längd hade gått igenom portalen. Det var minst en halvmeters snödjup och Wolf hade snubblat när han kom igenom. Snabbt kom han på fötter och tittade på mig.

-Det gick ju bra!

Jag blev glad att veta att Wolfs förmåga fungerade här i den här tiden.

-Märkte du något när vi for igenom?

-Nej, det var som att komma igenom ett snår och hamna utanför. Men, som du sa så var det kallare här och den vita mjuka ytan jag hamnade på har fastnat på min päls.

-Jo, det var så stor skillnad i temperatur mellan den andra tiden och denna snön som den kallas, den smälte lite mot din päls. Men det är ingen fara, du vänjer dig. Fryser du?

-Det är lite kallare men det känns faktiskt ganska skönt.

Jag funderade hur jag skulle göra. Skall vi åka till den andra portalen eller ska vi åka hem. Det finns ju en risk att den andra portalen skickar oss till en helt annan tid. Men först ska jag försöka markera var vi kom ut så jag hittar tillbaka hit. Jag pulsade i snön till skogskanten och skar av några grenar från en gran och stack ner dem där våra spår började då vi kom ut ur portalen. Jag tryckte ner fem stycken grenar. En på var sida från där vi kom ut för att markera kanterna av portalen och sedan satte jag en gren mitt i skoterspåret samt en på var sida av mitten. Jag tror inte att någon skulle reagera om de kom förbi hit. Jag tog även upp mobilen och startade kartprogrammet, den visade var vi var på kartan och jag ställde in platsen som en favorit.

Jag tror att vi ska åka till den andra portalen och slänga in något så att Tore och de andra kan se att det gick bra. Om det nu fungerar förstås. Jag skickade över en tanke till Wolf.

-Det är ganska långt och tröttsamt för dig att springa i den här djupa snön så jag vill att du hoppar upp på kälken och sitter där när jag kör.

-Ja, det går bra, jag förstår att det kan bli jobbigt men jag hade nog klarat det även om jag hade varit tvungen att springa i snön.

Wolf hoppade upp på kälken och lade sig ner. Jag gasade skotern och körde ner åt väster mot Digitorum men lite längre norrut så att ingen såg oss. Det hade i och för sig inte gjort något. Det är helt normalt att det kommer fram skotrar från skogen från alla håll. Vi kom ner till vägen som var plogad och körde norrut vid vägkanten. Det gick köra ganska snabbt och det var ingen trafik och det brukade heller inte vara så mycket trafik här på denna sidan av älven. Vi kom snabbt fram till vägen som korsade och som går till Kaunisvaara. Vi åkte tvärs över vägen och svängde in på den andra vägen som går till Käymäjärvi by och följde den hela vägen tills vi kom fram till mitt gamla spår där jag korsade vägen på väg till första portalen vid Hosiojärvi. Jag körde över plogkanten och följde spåret över myrarna. Under tiden jag åkte såg jag bilderna framför mig att det fina gräset hade ersatt myren i framtiden. Jag åkte upp genom skogen i sicksackmönstret jag tidigare gjort och kom fram till gläntan, jag såg på håll där mina spår hade slutat. Det gällde att komma så nära jag kunde i det gamla spåret utan att komma in i portalen. Jag körde mycket sakta fram och precis där spåret slutade svängde jag skarpt åt vänster och fortsatte en bit till ner mot myren och svängde runt och körde samma spår tillbaka till portalen och stannade skotern framför. Jag tror att ingen mer av misstag åker in i portalen. Om någon kommer i mitt spår kommer de också att svänga åt vänster. När det svänger tillbaka nere på myren kommer de bara tro att det är någon som lekt med skotern.

Jag klättrade över till kälken för att det inte skulle bli några fotspår i snön och tog fram kniven och skar av en liten bit av presenningen och samtidigt klappade Wolf

-Gick det bra att åka här bak?

-Det gick bra och det var intressant att titta på omgivningarna och det du kallade väg, där var det ju nästan ingen snö.

Jag klättrade tillbaka till skotern och ställde mig på fotplåten och öppnade sitsen och tog ut tändstiftsnyckeln, och stängde sitsen igen. Jag satte mig igen och tog fram kniven och ristade in på presenningsbiten, "DET VAR RÄTT TID", jag gjorde ett litet hål med kniven igenom presenningen och tryckte in nyckeln i hålet så den inte skulle ramla ur. Jag tog tag i lappen jag hade ristat in texten och nyckeln och hivade iväg den så den skulle hamna på andra sidan, nästan genast försvann den. Om vi båda hade samma tid så vet de om det nu!

Jag startade skotern igen och körde i spåret fram till Käymäjärvivägen och åkte över i mitt gamla spår genom skogen hem. När vi kom hem till gården höll solen på att gå ner. Jag ställde skotern på det vanliga stället och började lasta av lasten från kälken. Under tiden hoppade Wolf ner på snön och gick runt och luktade runt uthuset och vid dörren till vårt hus. Jag tog ryggsäcken och sadelväskorna in till huset och släppte in Wolf.

Det var ingen hemma och Ida skulle inte komma förrän ett par timmar från jobbet. Jag plockade ut termosen och sköljde ur den och lade den i diskstället. Jag plockade ut de trasiga långkalsongerna, strumporna och slängde delarna i soptunnan. Jag kollade så det inte fanns någon mat kvar i sadelväskorna, det fanns en av de exotiska frukterna och den lade jag i kylskåpet och den lite äldre maten slängde jag. Jag lade ryggsäcken och sadelväskorna i förrådsrummet under några mattor.

Jag hällde upp lite vatten i en skål och lade ner den på golvet till Wolf.

-Välkommen till min värld, det är så här jag bor. I denna världen kan du inte hitta mat själv men det ska jag fixa senare. Jag tittade i kylskåpet och såg att det fanns en bit korv som jag delade och lade i en annan skål bredvid vattnet.

Jag hällde upp vatten och bryggde en kanna kaffe. Under tiden gick jag och hämtade guldpåsarna från ryggsäcken och gick och kontrollerade hur mycket de vägde. Det var fem och ett halvt kilo guld.

Jag startade datorn och tittade på internet vilket pris man kan få för 24 karats guld, dagspriset var 293 kr/gram. Det innebär att vi skulle kunna få drygt två miljoner kronor. Det är en bra början på min plan.

Jag lade tillbaka guldpåsarna i ryggsäcken igen inne i förrådet.

Det var inte så att det är mina pengar, jag ser dem som medel för omkostnader för de åtgärder som behövs för att på något sätt få människor att vilja flytta till den andra tiden och leva utan moderna saker och maskiner. De måste vilja leva i samklang med naturen utifrån de erfarenheter som fanns om den katastrof som kommer att hända på planeten jorden. Eller rättare sagt, det som kommer att hända inom snar framtid.

Jag hörde en bil komma in på gården och jag ropade på Wolf och tog in honom i lillstugan tills jag har berättat om vad jag varit med om. Jag gick tillbaka till huset och Ida kom in genom ytterdörren och ropade,

-HEJ!

Jag gick henne tillmötes och kramade henne, det var så längesedan vi träffades och jag hade längtat. Men, för henne var det ju på morgonen vi sa hej då när hon åkte till jobbet.

Hon tittade upp på mig och hon blev förvånad;

-Men vad har hänt, du är ju alldeles brun i ansiktet. Är det smuts du har i ansiktet?

-Nej, det är ingen smuts, jag ser ut så här. Ta nu av dig ytterkläderna så kan vi pratas vid. Det finns kaffe färdigt.

Hon tog av sig kläderna och bytte om till hemmakläder och tog en kaffe och tittade på mig och gick fram till mig och kollade noggrannare.

-Du är solbränd, vad har du gjort?

-Sitt ner så ska jag berätta.

Hon tog koppen och satte sig i fåtöljen.

-Jag ska berätta, men du måste lova mig att inte avbryta och låt mig berätta hela historien.

-Nu blir jag riktigt undrande, men jag lovar.

-På morgonen lastade jag på kälken och gjorde ordning med fika för att jag äntligen kunde testa och jaga när jag var helt ledig som pensionär. Jag åkte på skotern till Hosiojärvi för att testa om det fanns fågel att skjuta där...

Jag berättade om min upplevelse när jag kom igenom portalen och hur rädd jag hade blivit och om klimatet i den tiden. Hur jag sköt djuret och fick kött och att jag hittade vatten. Jag fortsatte och berättade om hur jag räddade hunden, och hans telepatiska förmågor och hur han tillfrisknade och blev en vän. Hustrun var på väg flera gånger att avbryta mig men jag visade med handen att hon inte skulle fråga något ännu. Hon såg naturligtvis mycket kritiskt ut och det syntes tydligt att hon var skeptisk till min historia. Jag fortsatte att berätta om Torneälven och att det var bara en bäck och ravin på den tiden. Jag berättade vandringen mot Pajala, eller där Pajala funnits och åsarna jag såg på vägen till exempel där Autiobron varit. Jag berättade om mitt möte med Ola i den lilla byn där Pajala en gång hade funnits och hur de levde i samklang med naturen och hade djur och stora odlingar av grönsaker och platsen där de hade olika fruktträd. Och Olas berättelse om platsen där det hade försvunnit två män. Jag gjorde en sammanfattning om historien Ola berättade om hur världen kollapsade och hur människosläktet i princip utrotades i hela världen förutom i de områden som var nära polerna. Hur jag fick en häst och problemet jag hade att lära mig att rida. Jag berättade om färden nedför älven och hur jag red mot Kalixälven och ner till kusten och de två byarna jag hälsade på. Jag berättade hur jag hade blivit fängslad i närmare tre dagar innan Tore kom och vi kunde reda ut missuppfattningarna om mitt syfte och varifrån jag hade kommit. Jag berättade hur deras samhälle fungerade med ”av var och en efter förmåga, och till var och en efter behov”. Hur vi kom överens att rida tillbaka och undersöka portalen som var på andra sidan Torneälven och vårt resultat när vi mätte hur stort den var. Jag berättade att människorna där kanske inte skulle klara sig i längden då de utsatts för strålning och många inte kunde få barn och mitt beslut att försöka komma tillbaka till den här tiden. Och ett av målet var att försöka hitta människor som skulle vilja bosätta sig i den tiden som är rena paradiset med växtligheten och klimatet. Jag avslutade min berättelse om guldet som under århundraden samlats i älvbottens strömmar och att det skulle kunna vara en möjlighet att sälja guldet och finansiera en möjlig väg att diskret få människor att flytta dit. Samt min oro om att militären och myndigheter skulle få reda på portalen och det skulle inte vara bra för den tiden och de skulle säkert förstöra den världen också.

-Nu är jag här tillbaka och jag har många bevis för att det jag berättat är sant.

-Jag är ju naturligtvis mycket skeptisk till din berättelse. Jag vet ju att du har en livlig fantasi, men inte ens du skulle kunna hitta på en sådan historia. Jag blir naturligtvis helt matt och rädd för det du berättat, speciellt att världen kommer att i princip gå under och våra barnbarn skulle bli utsatta för detta. Det är helt fruktansvärt. Och många hade ju inte trott på varningarna om hotet med klimatförändringarna. Kommenterade Ida

-Du sa att du hade bevis och förresten var är Wolf du berättade om?

-Han är i lillstugan, ska jag hämta honom.

-Eh, Ja gör det.

Hon lät lite osäker och jag vet ju att hon inte var särskilt förtjust i schäferhundar. Jag tog på mig en varm tröja och skorna och gick till lillstugan. Och öppnade dörren och Wolf reste sig upp och jag sa;

-Du har väl följt med allt jag sagt.

-Jadå, jag kan läsa Ida lika bra som dig, men jag stängde av att höra hennes tankar innan hon godkänner att jag får göra det.

Vi gick tillbaka till huset och jag släppte in Wolf som sakta gick in i rummet och lade sig ner så att inte Ida skulle bli rädd för honom.

-Är det här du som heter Wolf?

Wolf reste sig upp och viftade på svansen.

Vill du att Wolf pratar med dig? Sa jag

-Jag måste ju veta om du talar sanning och jag tillåter det.

Jag såg att Ida blev förvånad och såg överraskad ut. Han hade tydligen tagit kontakt med henne och jag hade inte uppfattat något av deras dialog. Det tog en långt stund innan Ida sa något;

-Det var ju fantastiskt och intressant, jag fick till och med öva på att blockera mina tankar. Vilka häftiga bilder han kunde överföra. Nu fick jag verkligen bekräftelse på din berättelse från Wolfs tid.

-Jo, jag har också fått en mycket bra kontakt med honom, jag tror att han är ovanligt intelligent hund. Ibland blir tankarna lite bakvända, men vi har ändå förstått varandra bra. Det är fantastiskt att han klarade av att lära sig vårt språk.

Jag gick till förrådet och hämtade ryggsäcken och gick in i rummet och visade påsarna med guldet och berättade vad det kunde vara värt vid försäljning. Kanske ungefär två miljoner kronor.

Vi diskuterade om uppdraget jag har tagit på mig att försöka få några "rätta" personer att flytta till den andra tiden. Men först måste jag se till att omvandla guldet till pengar, ska undersöka vad det är för villkor och hur det beskattas.

Jag kontrollerade på nätet och det verkar som det är ganska lätt att sälja guld. Problemet är att de köper via nätet och att man skickar ett kuvert med guldet. Det är bara tänkt att det är några ringar eller smycken man vill sälja, inte rent guld. Hittade inga butiker som köper, bara via posten.

Imorgon ska jag ringa några och luska ut hur man kan sälja ett större innehav.

Jag vet inte vad Wolf och Ida hade pratat om, men det verkar som hon fått förklaringar för att tro på min historia. Hon blev aktiv hur vi skulle lösa uppdraget.

Jag avslutade med att öppna mobiltelefonen och visade bilderna jag tagit. Jag "castade" bilderna till Tv:n för att vi kunde se tillsammans och förklarade var jag tagit bilderna och vilka personer jag fotat. Ida tyckte mest om bilderna från gamla Pajala med ravinen, stugorna och odlingarna de hade där. Jag hade också lyckats ta en smygbild av bordet med all mat ifrån den sista kvällen i byn och all den överflöd av grönsaker och frukt som fanns där.

Det hade varit en lång dag med en anspänning hur det skulle gå att passera portalen och oron över att inte hamna i rätt tid. Jag var helt slut och trött och bara ville sova i egen säng bredvid min älskade Ida.

FÖRSTA DAGEN HEMMA

Jag vaknade av att Idas platta började sätta igång väckarklockan. Ida skulle ju gå till jobbet och jag hade en del att göra under dagen, bland annat åka till Pajala och handla någon mat till Wolf.

Jag gick upp och tog på mig morgonrocken och gick till rummet där Wolf låg på den tjocka mattan framför Tv: n.

-God morgon Wolf. Har du sovit gott?

-Tack, jo det var skönt att ligga här och vila.

-Vill du gå ut?

-Ja, det behöver jag.

Jag gick och öppnade dörren och tänkte att du behöver bara meddela mig när du vill komma in igen.

-Tänk på att i vår värld brukar inte hundar springa lösa, oftast är det hundar som kommit bort och inte hittat hem. Här finns det lag på att man ska ha hundarna i koppel när man är i folksamlingar och i byn. Det skulle kännas mycket konstigt om du måste ha koppel, men det är ett måste om du vill komma med. Skulle du vara ok med det?

-Jag tror att jag förstår vad ett koppel är och naturligtvis skulle jag inte vara så bekväm med det. Men, det är ok för att vi inte får extra uppmärksamhet på oss.

-Vi kanske kan fixa ett koppel som sitter löst och som du knappt märker. Här hemma och i närområdet är det ingen fara. Grannarna har ett par jakthundar i en hundgård med staket runt och de skäller om de ser någon komma nära, både djur och människor. Jag har aldrig varit förtjust i den rasen. Men de är duktiga på att söka upp djur och se till att djuret stannar till deras husse eller matte kan komma fram och kan skjuta. Men, du kan säkert känna hur de fungerar när du läser av dem.

Jag hällde upp lite kaffe som Ida hade gjort i ordning och tog en grapefrukt och delade den i bitar.

-Idag ska jag först åka till den portalen som jag kom tillbaka från och kolla om Tore och de andra fått mitt meddelande som jag kastade in i den första portalen. Det ska bli spännande, allt hänger på att det fungerar.

Ida åkte till jobbet och jag tog fram varma kläder när jag skulle åka med skotern till portalen.

-Jag är tillbaka igen.

Jag gick och öppnade dörren så att Wolf kunde komma in.

-Det fanns inte några bytesdjur i närheten, jag förstår att du måste fixa lite mat till mig.

-Det fixar sig, ingen fara.

-Ska du följa med till portalen?

-Jo, jag följer med.

Jag tog på mig skoteroverallen och vantar och gick ut till skotern och kopplade på kälken, Wolf hoppade upp och lade sig på kälken. Den här gången körde jag en liten annan väg via Autio över isen och följde vägen vi igår kom från portalen. Vi svängde upp på spåret som vi kom på och följde det till portalen. Jag stannade någon meter innan spåret som kom från portalen och där jag hade placerat ut granriset efter vi kom över till denna sidan. När jag gick fram mot kanten där portalen var såg jag att det fanns två rep som låg alldeles utanför portalen. Jag tog tag i det ena repet och drog det sakta mot mig och när jag dragit en meter såg jag början på en kälke och jag drog vidare mot mig. När hela kälken kom ut såg jag att på toppen av lasten som låg där en tändstiftsnyckel istucken på ett litet papper. ”Som du ser har vi mottagit ditt meddelande och då är våra farhågor inte aktuella, fortsätt ditt uppdrag och lycka till!”. Det var mycket glädjande, nu kan jag sätta fart på att försöka ”ragga” folk. Jag tittade närmare vad som låg under bladen som verkade vara en stor last. När jag tog bort bladen var det en stor hög av guld som låg i en flätad korg, det var minst lika mycket som förra lasten jag hade med mig. Det låg också en korg med blandade grönsaker och frukter. De måste ha varit nere hos Olas by för att få detta. Undrar hur de hade förklarat att de var där. Jag flyttade mig en bit till det andra repet som låg där och började dra in den. Det var likadant med blad ovanför. Det var ytterligare en korg med guld och en halv hjort som var styckad och det låg en liten lapp i den som det stod ”Till Wolf”.

Det var fantastisk det var mer än dubbelt så mycket guld jag hade med mig. Ska bli intressant att väga. Hoppas bara att det går att sälja så mycket. Jag lastade över korgarna till skoterkälken samt de hemmagjorda kälkarna som hade haft lasten jag drog ut. Jag satte mig på skotern och körde rakt igenom där portalen skulle vara om det hade gått att komma in från den här vägen. Vi körde hem igen utan att träffa på någon.

När vi kom hem och ställt undan skotern och kälken gick vi in i huset med korgarna vi fått av Tore och de andra.

Grönsakerna och frukten lade jag i kylen så de skulle hålla sig färska lite längre, garanterat ekologiska!

Jag hämtade vågen och lade på guldet vi hade hämtat och det vägde tolv kilo tillsammans. Jag undrar om man kan sälja så mycket, det kanske är en maxgräns och att man måste redovisa varifrån man fått det ifrån.

Jag kollade på internet på firmorna som köpte upp guld och det stod inget om att de undersöker varifrån det kommer. Dock polisanmäler de om det verkar skumt. Det fanns ingen uppgift om skatt på försäljningen heller, vilket jag tycker är märkligt. Men, det kan hända att den informationen får man när man bestämt sig för att sälja. Ingen av gulduppköparna hade någon butik eller kontor de hänvisade till endast via internet och säkra kuvert som är försäkrade upp till tiotusen kronor.

Jag ringde upp den firma som erbjud det högsta dagspriset. För säkerhets skull satte jag mobil på dolt, och den visade inte mitt nummer. När de svarade frågade jag om det inte gick att sälja direkt över disk. Och de svarade att det inte går, endast via internet. Jag frågade om inte det var möjligt i alla fall om man har mer mängder att sälja. När det frågade om hur mycket vikt jag pratade om sa jag att det rörde sig om ett halvt till ett kilo så ändrades tonen i telefonen och helt plötsligt blev de mer intresserade. De sade att de har en buss som är ute på turné och köper upp guld i flera städer. Bussen var för närvarande i Skellefteå och skall vidare till Luleå om ett par dagar. Jag berättade att detta var guld som jag under ett antal år vaskat i ett par vattendrag och kände nu att det är dags att få lite intäkter. Jag frågade hur mycket man max får sälja och det sa att det var från fall till fall och hur stor likviditet de har för tillfället. När jag sade att jag är övertygad om att det guldet jag hade var mycket rent och med all säkerhet var tjugofyra karat blev han i telefonen ännu mer engagerad. Jag sade att jag återkommer om någon dag då bussen skulle vara i Luleå och att jag inte lämnar ut mitt namn ännu för jag ville inte riskera att fler får reda på var jag vaskat någonstans och sade hej och avslutade samtalet.

Jag förstod att varför han blev alldeles till sig berodde på att sådana mängder får de en stor avans, säkert det dubbla de betalar. Jag ska planera att åka ner till Luleå när det är dags.

RESAN TILL LULEÅ

Efter jag diskuterat med Ida om planerna att åka till Luleå och jag berättat om påfyllningen av ändå mera guld. Samt samtalet jag hade haft med uppköparen, var vi överens om jag åker ner och till att börja med att testa uppköparens seriositet.

Jag bestämde mig för att åka ner till Luleå dagen efter och sova över på hotell till dagen efter då det var planerat att guldfirmans buss skulle komma.

-Wolf! Är det ok att du stannar kvar här hemma när jag åker till Luleå. I det rummet som jag tänker hyra på hotellet tillåter de inte djur på grund av att många gäster inte tål hundpäls, det kallas allergier, och de kan bli allvarligt sjuka. Allergier har ökat bland befolkningen på de senaste åren och det beror troligtvis att de bor i städer som är kliniskt rena så att deras immunförsvar inte klarar av sådant de inte har varit i kontakt med under sin uppväxt. Det är förmodligen för rent nu för tiden och man tror att de blir utsatta för lite bakterier som man behöver för att inte vara så känsliga. Jag kan öppna sidodörren till garaget på glänt så du kan komma in där under dagen då Ida är på arbetet.

-Det går bra, jag förstår problemet även om jag inte förstod alla orden du sa, men av sammanhanget och de bilder jag såg du tänkte på förstår jag. De gånger jag har varit ute sen vi kom hit så är det faktiskt skönt med lite kyla och snön är ganska roligt att hoppa på.

-Jag hoppas att det inte är alltför tråkigt för dig här. Men, du vet att målet är att vi ska komma tillbaka till din tid igen!

-Nej det är inte tråkigt, det är ganska intressant att undersöka din värld.

-Vi ska åka och handla lite i den större byn och då kan du se hur det ser ut idag. Många hus och affärer som var helt försvunna på din tid.

Vi åkte till Pajala C och parkerade bilen i byn och promenerade en stund och gick bort där de säljer hundmat och utrustning för djur. Vi kom in i affären och gick in till djuravdelningen och jag gick fram till säckarna med hundmat och frågade Wolf:

-Hur är den här maten på lukten? Tror du att det är ätbart?

-Det luktar ju riktigt gott och det går absolut att äta. Det var en ganska konstig blandning av torkat kött och fågel men luktade faktiskt spännande.

-Ok, jag köper en liten säck så får du prova, vi har ju också köttet som Tore och de andra hade fixat.

Jag tog en säck och gick vidare till andra sidan av butiken och där hängde olika sorters koppel och halsband. Det kändes olustigt att behöva sätta det på Wolf, det är ju rent av kränkande emot honom som en socialt intellektuell hund. Men, jag visste att jag var tvungen då annars människorna skulle blir rädda när han går löst. Jag hade ju tidigare berättat för Wolf att vi var tvungna att ha koppel. Jag visade honom några olika halsband och valde det han tyckte var ok. Jag tog också ett koppel som man kunde släppa ut ganska långt. Jag betalade i kassan och satte på Wolf halsbandet mycket löst så att han knappt skulle märka att de satt där och när jag satte fast kopplet i halsbandet förklarade jag att om han gick i samma takt som mig skulle han nog inte känna av det.

-Förlåt mig men vi måste!

-Äh, det går bra var inte orolig jag fattar.

-Men om det skulle kännas otrevligt eller om du tycker det är trå- kigt så kan vi åka till portalen så kan du gå in där och sedan när jag kommer tillbaka kommer jag och ansluter.

-NEJ, jag har det bra här och jag vill vara här och lära mig nya sa- ker.

Jag längtar verkligen tillbaka till den vackra varma och rena världen. Jag bara måste lyckas men det jag föresatt mig!

Dagen efter gick jag till garaget och ställde upp dörren så den inte kunde blåsa igen eller öppna sig för mycket. Det kommer att vara ganska varmt ändå när elementen är igång. Jag bar in en skål med vatten och en skål med köttet och lade dem inne i garaget. Jag öpp- nade porten och körde ut bilen och lät det vädras ut en liten stund innan jag stängde den igen. Jag tänkte hej då till Wolf och körde iväg.

Jag hade lastat in guldpåsarna i ryggsäcken som jag lade in i bilen. Det tog nästan fyra timmar att köra ner till Luleå då jag stannade och fikade och åt lite på Nilles matservering.

När jag kom fram till Luleå sökte jag upp ett hotell och beställde ett rum för natten. När jag kom upp på rummet och lade ifrån mig ryggsäcken tog jag upp mobilen och ringde till guldhandlaren och frå- gade om de var på väg till Luleå. Han sa att de skulle komma fram på förmiddagen imorgon. Jag låste in guldpåsarna i rummets kassaskåp och gick ut till en restaurang och beställde mat och ett glas vin. Jag satt kvar där en stund och studerade människorna och tänkte lite elakt att de levde ett konstlat liv och ett ganska trist liv. Jag tänkte när jag stu- derade dem om de skulle klara av att leva ett enkelt och okomplicerat liv i den andra tiden. Det är nog inte troligt. Men, jag hade förutfattade meningar det visste jag. Man kan aldrig riktigt veta hur människor är om de kommer till en helt annan miljö. I dagsläget är det inga som är den målgruppen jag tänkt mig att flytta till en ny värld utan moderna hjälpmedel.

Jag gick tillbaka till hotellet och klädde av mig och lade mig under täcket och somnade ganska fort.

När jag vaknade på morgonen tog jag på mig kläderna och åt en rejäl hotellfrukost och läste dagens NSD. Återigen blev jag påmind om klimatfrågan då det var ett reportage om att världens länder träffats för att komma överens om nästa steg i Parisavtalet och det verkade igen som de egentligen inte kunde komma överens om att länderna skulle ta sitt ansvar och minska utsläppen. Som tidigare var det framför allt USA som inte lovade eller skrev under en rejäl sänkning av utsläppen. Återigen blev det ett utvattnat dokument som inte var bindande för länderna. Det fanns trots allt många länder som försökte få ordentliga sänkningar speciell de så kallade utvecklingsländerna som tryckte på eftersom de är de första som fått problem med klimatförändringarna med torka och översvämningar och kraftiga stormar som ödelägger deras odlingar och där människorna svälter. Sverige försökte dock att få till bindande avtal. De sakkunniga blev allt desperata och kom med mycket fakta om att det var bråttom och att det snart är försent att stoppa. Det visade sig att här var det i historien där början till slutet närmade sig, det hade jag fått reda på i den andra tiden. Jag visste att jag inte kunde göra något åt det, ingen skulle tro en privatperson utan utbildning från Norrland som varnade för hur det kommer att gå.

Jag gick upp på rummet och samlade ihop mina saker och öppnade kassaskåpet och lade tillbaka påsarna i ryggsäcken.

Jag ringde guldfirman igen och frågade var någon stans de var. Jag fick adressen och gick ner till receptionen och betalade för rummet och gick till bilen och körde till adressen jag hade fått. När jag kom fram såg jag den stora trailern stå parkerad och de hade stora texter på sidan att ”Guld köpes”.

Jag satt kvar i bilen och studerade trailern en lång stund och det verkade inte som det kom några kunder. Jag öppnade ryggsäcken och tog fram en liten påse som jag hade förberett, kanske ungefär hundra gram guld i.

Jag tog på mig ryggsäcken och lade påsen i jackfickan och gick ock öppnade dörren och gick in. Det var en vacker inredning och det såg ut som ett kontor med en stor disk och bakom fanns en gallerförsedd dörr, jag gissade att de förvarade guldet där och att det var skyddat för eventuella rånförsök. En person satt där innanför och en annan kom fram till mig och hälsade god dag och presenterade sig som Peter Andersson. Han såg precis ut som min bild av en guldsmed med starka glasögon uppskjutna ovanför pannan. Jag presenterade mig med mitt riktiga namn och sade att det var jag som ringt ett par gånger.

-Javisst du hade lite guld du ville sälja?

-Jo, jag har med mig lite så att ni kan kolla kvalitén på guldet.

Jag tog fram påsen från fickan och räckte över den till Peter. Han tog emot påsen och ställde sig på andra sidan disken och tog fram en stor bricka och hällde ut innehållet på brickan.

-Ojdå vad fint det ser ut. Det verkar legat länge och inte varit smält någon gång. Han tog fram ett annat mindre fat och lade en liten bit av guldet däri och tog fram en flaska med kemikalier och ett kraftigt förstoringsglas och ett litet som man kan sätta framför ögat. Han hällde på lite av vätskan på guldbiten och studerade det noga med förstoringsglaset och den lilla tuben framför ögat och studerade det länge och tog en pincett och höll upp det i den starka bordslampan som stod vid sidan.

-Jag ska vara helt ärlig och säga att det är en av den bästa kvalité jag sett sedan jag utbildade mig som guldsmed, det är definitivt tjugofyra karat som du sa i telefon. Det här ska du få ett bra pris för, låt mig se, och han tittade igen och jag såg att han funderade en lång stund och kollade på sin platta som låg på disken och bläddrade en stund. -Du kan få fyrahundra kronor per gram och detta är...

Han lade allt guldet på en våg och kollade vikten och sa att det var tio komma sju gram.

-Det skulle innebära... fyratusen tvåhundraåttio kronor. Sade Peter

-Som jag sa i telefon har jag mer av samma kvalité som jag kan sälja. Hur mycket kan ni köpa?

-Hur mycket som helst!

-Nja, jag undrar det? -Om det skulle vara ett kilo skulle det gå?

-Absolut det går bra! Vi har nyss gjort ganska bra affärer så vår likviditet och betalningsförmåga är god.

-Hur är det med skatt och redovisning för mig?

-Lagstiftarna har inte tänkt att det är så stora mängder och det är ingen skatt på guldförsäljning förutom att vi betalar företagsskatt på vår del.

-Jaha, och som ni ser är det omöjligt att detta är stöldgods då det aldrig har bearbetats. Jag kan säga så mycket att det har legat på en botten i en fors någonstans här i norr och jag har själv dykt och plockat upp vartenda gram från botten.

-Det tvivlar jag inte på en sekund. Men, det var längesedan någon sålde guld som de vaskat fram nu för tiden.

-Kan ni köpa, låt oss säga två kilo, fem kilo, tio kilo eller sjutton kilo?

-Skulle du verkligen kunna få fram sådana mängder så skulle det förmodligen gå om jag får ringa min högsta chef.

Under tiden vi hade pratat kom den andra guldsmeden fram och såg intresserad och chockad ut.

-Det kan jag fixa fram, men jag bär det inte på mig här.

-Det må jag säga! Jag är chockad och förväntansfull på om det skulle gå att göra en sådan affär. Du är väl medveten om att det handlar om drygt sex miljoner kronor?

-Jo, jag hade räknat med ungefär i den klassen. Det är min pensionsförsäkring som jag vill ta ut och leva lite gott på gamla dagar.

-Vänta lite så ska jag ringa.

Han gick lite till sidan om disken och tog fram en mobil och ringde. Jag hörde inte vad han sa, men kroppsspråket visade med all tydlighet en upphetsning och ett förväntansfullt utryck i hela ansiktet. De pratade en lång stund och jag förstod att han fick instruktioner för han nickade flera gånger i samtalet. När han avslutat samtal kom han tillbaka.

-Det går bra, huvudkontoret skulle överföra till kontot som jag har ansvar för. När tror du att du kan komma tillbaka och slutföra affären.

-Kanske om ca en halv timma om det passar er. Och jag vill inte veta av något smussel, då kommer ni inte få chansen att eventuellt kunna köpa mer guld av den här kvalitén. Jag vet att ni kommer att göra er en ordentlig hacka på den här affären och jag vet att jag kan skaffa mer om jag har lust.

-Nej..Nej, du behöver inte vara orolig. Det är sant att det kommer att bli en bra affär för alla parter. Och naturligtvis är vi intresserade för att köpa mer. Vi säljer mycket till dataindustrin och det finns inget stopp på hur mycket de behöver. Guld är det materialet som är helt i en egen division var det gäller att få strömmen att passera i kretskorten utan stort motstånd. Du ska också veta att du kommer att få ett ordentligt kvitto och ett speciellt papper som du kan visa till banken att det inte är svarta pengar som sätts in på ditt konto, vi har ett samarbete med bankerna så de vet att de kan lita på våra dokument.

-Ok, jag kommer tillbaka om ett tag och jag kan låta det här guldet vara kvar hos er tills jag kommer tillbaka.

Jag räckte fram handen och han tog emot den och skakade den lite överdrivet av glädje. Han såg nog fram till en rejäl bonus på affären. Jag gick ut och satte mig i bilen och körde iväg en bit så jag kunde ha dörren till trailern under uppsikt en dryg halvtimma innan jag körde tillbaka. Ingen hade gått ut eller kommit. Det var heller inte några misstänkt rörelser i närheten. Jag ville vara säker på att det inte skulle bli fel. När jag gick tillbaka och kom in stod de vid disken och väntade, lite spända såg jag. Jag tog av mig ryggsäcken och lade upp påsarna allt eftersom på disken. Han hade tagit fram ytterligare ett par brickor som han hällde ut guldet på. Han studerade noggrant och tog ett antal tester slumpvis från alla påsarna han hällt ut på brickorna och lyfte brickorna mot ljuset för att ordentligt kolla. Efter en ganska lång stund lade han allt på vågen och läste av flera gånger.

-Det är sammanlagt sjutton kilo och etthundra och fyrtio gram! Och han kollade en gång till på sin platta och slog in vikten. Det blir sex miljoner åttahundra femtiosex tusen kronor (6 856 000 kr). Vilket kontonummer ska jag sätta in dem på?

Jag tog upp min mobil och via Bank Id loggade in på banken och sa numret till mitt E-sparkonto. Han slog in numret och visade mig plattan och vi jämförde numret innan jag sa att det stämde. Han tryckte på sänd och jag väntade en stund innan jag kollade kontot på mobilen, det hade satts in hela summan på mitt konto. Peter tog fram plattan och bad om mitt namn och adressuppgifterna och slog in det och tryckte på att det skulle skrivas ut. Under disken satte skrivaren igång och han tog fram arken och skrev på sitt namn och visade var jag skulle skriva under. Han gav mig kundens exemplar och ett vanligt kvitto och tog det andra arket till sig själv som vi också båda skrev under. Sen tog vi hand alla tre.

-Tack ska ni ha, jag gissar att ni idag får en fet bonus!

-Det ska jag inte sticka under stol med. Både jag och min kompanjon kommer att få varsin check på lika belopp. Så här mycket har vi inte lyckats köpa in på alla år vi hållit på.

-Tack igen! Och ha en bra dag, Hej då!

-Hej då och tack själv och här har du mitt kort om du ska sälja mer!

Jag gick ut till bilen och körde därifrån ganska snabbt och stannade vid Q8 och tankade bilen. Jag beställde och åt en hamburgare och en dricka innan jag fortsatte. Jag kom på mig själv att kolla i backspegeln om jag hade någon som följde efter mig. Lite orolig och spänd hade jag varit hela tiden att det skulle kunna gå snett när det handlade om så mycket pengar och att det fortfarande skulle kunna hända något. Jag tog några extra svängar i bland annat industriområdet innan jag körde ut till E4.

Jag körde lugnt tillbaka till Pajala och stannade och åt lite mat på vägen. Jag loggade in på banken och kollade kontot en gång till och ja, pengarna fanns där!

När jag kom hem så hade Ida kommit och Wolf var med henne i rummet.

-Hej! nu är jag hemma igen. Det var en lyckad färd och nu har vi de resurser som krävs för att få lite verkstad. Titta här Ida!

Jag startade mobilen och loggade in på banken och visade kontoställning på e-sparkontot. Ida började bakifrån och räknade antal siffror.

-Men, det är ju över sex miljoner kronor. Är det verkligen lagligt?

-Jo, jag fick försäkran om att det är fullständigt lagligt då inte lagstiftarna tänkt att någon skulle sälja så mycket guld. Dessutom har jag fått ett dokument som visar att det inte är svarta pengar som kommit in på kontot.

-Min tanke är om du vill deltaga i arbetet med att få människor att emigrera till den andra tiden och det krävs ett stort engagemang som skulle innebära att du kan ta ut din pension redan nu. Men du behöver inte bestämma dig nu utan tänk på saken.

-Du vet att jag är less på jobbet som har dåliga ekonomiska förutsättningar att det ska bli något bra i min organisation. Jag ska fundera ett tag.

-Jag har lite saker som jag måste fixa så snart som möjligt och då kan du fundera under tiden.

-Imorgon har jag en del samtal som jag måste göra först. Sa jag.

FASTIGHETERNA

Efter Ida åkte till jobbet ringde jag dem som står som lagstadgad ägare av Hosiojärvi. Mitt förslag till dem var om jag kunde köpa lite mark som jag kunde bygga en stuga på och göra en skogsväg till fastigheten. Det gällde inte så stort område och skulle inte störa jaktlaget under höstjakten. Endast fyra till femhundra kvadratmeter stort. Jag erbjöd femhundra tusen kronor, vilket var ett överpris i obygden. Men tanken var att de inte skulle kunna tacka nej till så högt pris som de kan dela på. En av ägarna hade halva området och de andra två hade en kvarts del av fastigheten. När jag pratat med alla så skulle de ge besked imorgon. Jag var ganska säker på att de skulle sälja.

Under tiden tills imorgon förberedde jag en ritning på en byggnad som var tio meter bred och femton meter långt det vill säga etthundrafemtio kvadratmeter, inte en allt för överdriven stuga mitt i skogen. Höjden på byggnaden var sju meter. Min tanke är att bygga över och vid sidan av portalen så att den finns under tak och göra en dold öppning mot portalen och en lika dold öppning i andra kortsidan ifall det skulle behövas komma in med fordon eller last för att diskret komma in i portalen. Jag ritade en inredning som lätt skulle kunna skjutas till sidorna men att vid inspektion kan visa en helt vanlig stuga. Det borde inte vara någon svårighet att få bygglov där.

Jag måste också göra något liknande vid utgående portalen längre ner. Men jag får skapa en bra förevändning för att inte skapa en misstanke om något annat.

Jag tog kontakt med kommunens fastighetsansvarig för att fråga om jag skulle kunna köpa en bit mark vid industrimarken i det området till en verkstad och garage. Eftersom kommunens mark var avsatt till industrietableringar vid den förra gruvsatsningen i Kaunisvaara och som inte blev så långvarigt utan gick i konkurs. Inga industrier har etablerade sig där. Den fastighetsansvarig skulle återkomma när han undersökt vilka villkor som gäller för området.

Jag tog fram 3D-programmet igen på datorn och ritade upp ett ganska stort garage som var tjugo meter långt och tio meter brett och samma höjd här på sju meter, det vill säga en meter över portalens gräns.

Nu ska jag bara vänta tills jag får besked av markägarna och sedan börjar bollen rulla. Jag funderade på fortsättningen och hur jag skulle göra för att få människor intresserade för att flytta till den tiden. Det måste bli någon form av en första resa där de med egna ögon får uppleva hur klimat och förutsättningarna för att leva är där. Det krävs en bra organisation och det måste bli en hemlighet hur man kommer dit. Det är naturligtvis en stor risk att de som inte vill flytta dit efter de sett hur det ser ut kommer att prata om det och då sprider det sig snabbt. Jag var fortfarande rädd för att olika myndigheter får nys om det och framför allt militären är det största hotet. Som sagt det är många avvägningar som måste göras framöver. Jag behöver stöd av ett antal vänner som jag kan lita på som kan hjälpa till och som är positiva att emigrera.

För att tänka lite klarare bestämde jag mig för att ta en promenad. Idag är det bara sju minusgrader och det är bra temperatur för en promenad.

Jag var på väg att fråga Wolf, men jag hann inte innan ha sa:

-Jag följer med!

Jag har blivit så van att jag aldrig stänger av kommunikationen med Wolf längre, så han vet hela tiden vad jag tänker på och på så sätt ändå är delaktig.

Jag tog på mig ytterkläderna och öppnade dörren och Wolf kom efter. Jag stoppade honom och tog bort halsbandet som han fortfarande hade på sig och det kändes ont när jag såg det. Det kändes som jag tagit bort hans frihet.

-Det behövs bara när vi är inne i den större byn, här är det bra. Här reagerar människorna inte på samma sätt.

Vi tog en ganska lång promenad runt byn och njöt av den klara luften. Det känns verkligen att man rensar tankarna. Men det undermedvetna var ändå igång och planerade. När vi kom tillbaka gjorde jag iordning lite lunch till mig och också till Wolf. Efter lunchen satte jag på lite musik från Spotify och en av mina spellistor med oldies rock.

Jag tror att jag hade somnat en liten stund när jag satt i fåtöljen och slappnade av och lyssnade på de gamla rockstjärnorna.

Dagen efter tog jag igen kontakt med ägarna av Hosiojärvi och alla var positiva till en försäljning. Jag lovade att plocka fram köpekontrakt samt underlag till Lantmäteriet. Det tog inte så lång stund att upprätta ett köpekontrakt samt servitut på skogsvägen och jag åkte till delägarna så jag fick deras underskrift och vilka konton jag skulle betala till. Jag tog fram bygglovshandlingarna och åkte och lämnade in dem till ansvariga för bygglov tillsammans med en kopia av köpehandlingarna. När jag ändå var på kommunhuset kontaktade jag fastighetsansvarig och fick svaret att det skulle gå bra för tvåhundra kronor per kvadratmeter. Jag visade var jag ville köpa marken och där var det bara en liten väg fram genom en skogsdunge. Jag sade att jag ville ha kvar träden och endast ta bort så att garaget fick plats och så lite ingrepp i naturen som möjligt. Jag beställde två hektar och med hjälp av tjänstepersonen ritade vi in gränserna. Samtidigt överlämnade jag bygglovshandlingarna och servitut till anslutning till fastigheten som jag hade gjort under gårdagen. Han frågade mig om jag hade vunnit på lotteri när jag gjorde två olika investeringar då han hade sett när jag lämnade in den andra ansökan.

-Jo, jag har vunnit, men sprid inte det! Eftersom jag har lite idéer för framtiden tänkte jag passa på innan pengarna tar slut när man som jag är nybliven pensionär.

Han sa att det skulle ta ett par dagar och att jag får svar så fort som möjligt och då får en samlad räkning för köpet av mark samt kostnaderna för bygglov.

Jag tackade för den snabba behandlingen och gick och postade köpebreven för Hosiojärvi till Lantmäteriet. Nu är det bara att vänta på byggloven.

Under tiden jag väntade på besked undersökte jag hur jag skulle bygga både garaget och stugan. Jag hade tänkt beställa byggelement för varje vägg så man kan frakta fram dem med en kranbil. Jag grunnade vidare hur man ska göra för att inte råka komma in i själva portalen. Jag måste ju ha hjälp att göra markberedningen och göra en torpargrund utanför portalens kanter. Jag måste definitivt ha med mig någon som kan tro på projektet och som är händig. Det måste jag lösa på något sätt.

INVIGNING

Det tog flera månader att bygga fastigheterna och jag hade löst mycket genom att hyra en baklastare för markberedningen och var noga med att göra grunden så nära jag vågade mot portalens ingång. Jag hade pratat med barnen och berättat hela historien jag varit med om och mina planer för framtiden. De var skeptiska så jag organiserade en lördag då vi träffades alla för att göra ett studiebesök vid portalen. Det var bara lite snö kvar på marken så det gick att köra hela vägen fram till. Portalen. Ida hade bestämt sig och hade sagt upp sig för att ta ut pension, hon hade ytterligare en månad kvar på uppsägningstiden. Under de månader som gått hade jag vid två tillfällen gått in i portalen och varit där några dagar tillsammans med Wolf och sedan gått ut genom den andra portalen och allt fungerade smärtfritt. Jag träffade Tore som hastigast och berättade vad jag gjort hittills och mina planer på att bygga ett hus ovanför portalerna. Det var så att deras tid hade gått lika länge som andra sidan. Skillnaden var fortfarande att när jag passerade den andra portalen ut så kom jag till samma tid som jag gick in. Jag kunde inte räkna ut hur det går till men det var bara att acceptera. Men nu visste jag att det var ofarligt att vandra mellan tiderna såvida det inte någon dag som portalen skulle försvinna. Men eftersom utgångsportalen varit på samma ställe som när Ola var barn så var det inte troligt.

Vi träffades alla barnen och deras respektive som hade lovat dyrt och heligt att inte säga något om detta, även om de också tvivlade. När vi stod utanför portalen som ingen av de andra kunde se var den var såg jag att de blev nervösa. När jag kom in genom portalen så syntes det en förvåning hos alla att det faktiskt var sant allt jag hade berättat. Det blev en uppsluppen stämning och alla pratade i mun på varandra om det de såg och framför allt värmen. Jag samlade ihop dem.

-Välkommen till den nya världen. Det här kommer att vara räddningen för människosläktet och allt kommer att byggas med en harmoni med naturen och ett fossilfritt samhälle för många generationer. Naturligtvis kommer även människorna här utvecklas och bli annorlunda. Vårt ansvar är att se till att alla vet om att inte göra om samma misstag som våra generationer gjort. Det ska vi alla se till gemensamt.

Jag tog täten och visade dem min första koja när jag hade kommit in och gick vidare mot bäcken genom skogen och jag pekade på ananasväxterna och skar av en och delade i bitar så de kunde smaka på den. Det var samma reaktioner som när jag första gången smakade här. Alla sa att det var det godaste de ätit, godare än de vi ätit i Thailand. Vi fortsatte till bäcken och de kunde titta i det klara vattnet att det fanns gott om stora fiskar i. När vi gick visade jag på mobilen kartan över området och att samma områden som var myrar är nu grönskade grässlätter med djur som betade längre bortanför ravinen. Nu var det ingen som var kritisk.

-Det som är frågan är om det finns människor från vid vår tid som skulle vilja emigrera hit.

Alla trodde när det började gå åt skogen med världen så skulle det komma miljöflyktingar som med glädje skulle vilja hamna här.

-Det var också det jag tänkt, men det tar ungefär ytterligare tio till tjugo år innan det brakar ihop i världen. Då gäller det att vara förberedd och ansvaret kommer att vara på era axlar då vi förmodligen kommer vara för gamla. Men, det vi kan göra är att förbereda och se till att de som redan vuxit upp här får veta sanningen att det blir en invandring. Men jag är säker på att de kommer att välkomna alla nya till den här tiden då de är medvetna om att det är ett måste för att deras släkten inte ska dö ut då många är barnlösa eller att det föds för få barn här och även problematiken med inavel.

Vi promenerade sakta och pratade om vägar för att det skulle bli verklighet och tittade på naturen och njöt av det varma vädret. Jag visade och förklarade att de åsar vi ser är före detta vägar från vår tid. Alla hade en ryggsäck med sig för att jag hade förvarnat om värmen och sagt att de måste ha med sig andra kläder. Alla hade nu shorts på sig och endast en T-shirt på överkroppen, de varma kläderna hade de lagt i sina ryggsäckar. Vi rastade några gånger för att fika och dricka te och kaffe som vi hade tagit med oss i termosar. Jag berättade för dem att jag har tänkt att vi går en lite längre sträcka idag fram till ravinen som tidigare varit Torneälven. Alla tyckte det var en bra idé.

När vi kom fram till ravinen och de såg bäcken i mitten blev de förundrade över att en sådan stor älv bara kunde försvinna. Vi gick ner till stranden och gick en bit ner till trädet som hade rasat ner från kanten av ravinen och gjorde ett tillfälligt läger där. Jag bytte om och tog på mig badbyxorna och småsprang ut i bäckens sköna varna vatten. De andra var inte långt efter och hade också bytt till baddräkt och badbyxor. Jag förstod att de behövde svalka sig en stund då den plötsliga värmen hade de inte vant sig vid ännu.

Vi alla badade och var lekfulla och mådde bra. Efter badet visade jag fiskarna som simmade vid de tre stenbumlingarna som låg över bäcken. Jag lånade ut kniven och tillsamman gjorde vi två spjut för att fiska. Det tog ett tag innan tekniken fanns där och till slut hade vi mat åt alla. Vi gjorde upp en eld och halstrade fisken tills de blev färdiga.

-Nå, vad tycker ni om den här tiden?

-Det är fantastiskt vackert här och skön värme dessutom. Det är ett paradis på riktigt. Sa min dotter som heter Mimmi

-Tänk om man kan stanna här fast det inte finns några moderniteter. Men också, när vi vet att om ett antal år kommer minst nittiofem procent att dö av svält, strålning och naturkatastrofer. Det är en chans för människosläktet att börja om igen. Om man hade tordats berätta om den här världen så hade vi haft milsvida köer för att komma in. Men, då skulle säkert också militären stå utanför och kontrollera allt på grund av något hot de ser. Historien har lärt oss det. Och de kan vi inte tillåta. Endast de vi tror som kan anpassa sig till ett enkelt men rikt liv utan att förstöra naturen och i samklang med naturen borde få komma in hit.

-Ja nu förstår man bättre när man är här. Såklart att de som har det svårt i vårt samhälle borde få chansen.

-Jag tror att det här sättet med ett studiebesök kan få många att vilja stanna. Och det är så jag också tänkt att göra. Problemet är att veta vilka som är lämpliga och hur man hittar dem.

Vi fortsatte att prata och de övriga höll med om vikten att hitta ”rätta” personerna. Nu började det skymma och jag hade tidigare berättat om de korta nätterna och regnet som kom under natten. Snart får de också uppleva detta.

Det var skönt att alla höll med. Om det varit någon som hade varit osäkra hade jag kommit överens med Wolf att då bearbeta den personen. Jag hade inte berättat om hans förmåga. De såg honom som vilken hund som helst.

Jag lade ut delar av de varma kläder jag hade med mig på marken under trädet och lade mig ner.

Jag vaknade på morgonen och man kände på luftfuktigheten att det hade regnat under natten. Och de andra pratade om fenomenet att det regnade under natten och hann komma ner i jorden innan solen torkade upp den. Alla hade vaknat och förberedde sig att äta frukost av mackor och det som fanns kvar i termosen.

När alla hade ätit och druckit gick vi ner efter bäcken och jag visade var Autiobron hade varit och vi gick upp på vänster sida och upp på åsen som hade varit vägen till Kaunisvaara. Vi gick en bit och svängde in på vägen som gick mot den andra portalen. Vi gick efter vägen och stannade och vilade på vägen dit. När vi kom fram till portalen var Tore, Gunnar och John där. Jag hejade hjärtligt på dem och tog dem i hand.

-Tack för hjälpen och snart kommer vi igång med vår del av projektet. Jag presenterade de andra som var med.

Tore, -Välkommen till vår värld, jag visste att Bertil skulle ta med sig några hit och det är trevligt att träffas. Vi har varit här länge och förberett och nu är det dags att vi går hem till våra familjer ett tag innan vi kommer tillbaka. Om ni skulle få tag i ett antal som vill stanna så kommer vi gärna och hjälper till.

Vi sa adjö och tog på oss de varma kläderna och gick till staketet framför portalen och gick innanför från sidan och i mitten och fortsatte gå tillbaka ut via portalen. Det gick bra och efter en stund när mobilen fick kontakt var vi tillbaka på exakt samma tid som vi gick in i förra portalen. Det går inte förklara hur det är möjligt, är det en individuell tid som styr? Men enligt klockan hade vi inte varit borta alls, mycket märkligt.

Vi hade tidigare lämnat en bil här så vi åkte tillbaka och hämtade den andra bilen på hemvägen.

När vi var tillbaka diskuterade vi hur man skulle planera och få folk att ta steget att emigrera till den andra tiden och vilken målgrupp man ska söka upp. Helst ska det vara sådana som redan är aktiva i miljörörelser och aktivt lyfter upp faran med klimatförändringarna. Problemet är vad och när man ska förklara hur det kan gå till och samtidigt vara säker på att de inte läcker informationen. Vi diskuterade om att försöka intressera målgruppen för ett studiebesök eller under förespegling att vi erbjuder semesterresa till en miljösmart alternativ. Vi kan också vänta tills effekterna av klimatförändringarna börjat komma tills världens katastrofer sätter igång och ta emot miljöflyktingar och hänvisa dem direkt till den nya tiden. Enligt den historia jag fått reda på ligger den tiden ca tio till tjugo år fram i tiden när det är försent att göra något åt saken.

Mitt förslag var till att börja med planera för ett mottagande i den andra tiden och då se till att nyanlända kan bosätta sig i olika delar i området och se till att de kan bygga upp en by som de kan odla och leva i.

Vi har fortfarande gott om pengar kvar från guldförsäljningen.

FÖRBEREDELSE FÖR NYA INVÅNARE

Även om vi inte kommit så långt att vi fått tag i människor som vill emigrera så bestämde vi oss för att förbereda oss hur vi ska ta emot dem när den dagen kommer.

Jag hade sett att golfklubben i Kalix hade gått i konkurs och att det var utförsäljning av utrustningar. Jag åkte ner den dagen de hade visning och när man kunde lämna anbud på utrustning. De hade tio nya golfbilar som går på el och jag lade ett bud på tvåhundra femtio tusen kronor för samtliga. Det visade sig att jag hade lagt högsta budet och jag beställde en trailer som transporterade dem till garaget vi hade byggt vid den andra portalen. Jag hade hjälp av Karl och monterade solceller på taken för att kunna ladda batterierna och cellerna var inte så dyra, femtontusen kronor styck.

Min tanke var att använda golfbilarna i den andra världen för transport av material och människor till olika byar och att bilarna var så starka så man kan dra en liten plog bakom och få till odlingar ganska snabbt. Bilarna hade en kapacitet att köra åtta mil på en laddning och eftersom de laddas upp hela tiden via solcellerna kan de vara i drift ganska länge. Jag köpte också ett extra batteri till bilarna. Tanken är att de så småningom inte skulle fungera, men då skulle man vara igång med odlingarna på ett naturligt ekologiskt sätt. Fördelen med golfbilarna var naturligtvis att inte släppa ut några avgaser eller göra någon påverkan på naturen. Jag hade också köpt tjugo extra solceller som jag planerade att varje by skulle få en för att kunna ladda batterier till kortvågssändare för att byarna skulle kunna ha kontakt med varandra och därmed ha möjlighet att ta gemensamma beslut om vilka regler de vill ha och vilken utveckling de godkänner som är klimatneutralt. Min uppfattning är att den kommande utvecklingen i den världen var beroende på en öppen kommunikation mellan samhällena och eftersom byarna är isolerade kan de då hjälpa varandra. De gamla älvarna och dess raviner är ett utmärkt sätt att färdas i norr-sydriktningar och där elbilarna kan ta sig fram på ett lätt sätt under uppbyggnaden.

Vi fraktade elbilarna lite åt gången till stugan vid ingången till portalen och kopplade ihop fem stycken och drog in genom portalen och placerade dem i skogskanten under skyddande blad, men där solen ändå kom åt att ladda batterierna. Vi byggde ett litet förråd där vi stuvade in de extra solcellerna och kortvågssändarna under tiden. Och så tog vi en bil och provkörde till den andra portalen och det gick utmärkt att ta sig fram, även att köra genom skogen gick bra då bilarna inte var bredare än en meter och tjugo centermeter. Vi lämnade bilen under ett träd i skogskanten och gick tillbaka genom portalen.

Vi hade nu en grund att stå på när nya invånare skulle komma: vi hade tio elbilar med små släp, tjugo extra solceller, tjugo kortvågssändare, tio små plogar samt lite verktyg ifall något händer med utrustningen. Jag hade också varit i Luleå till butiken Granngården och köpt utsäde och massor av frö, mestadels grönsaker som är tänkta som en start för nya invånare. Vi ska naturligtvis inte ta in för mycket saker som eventuellt kan göra skador på naturen, men vi inser att när katastrofen kommer så blir det ett stort tryck på att ta hand om människor som är på flykt för att överleva och efter de har blivit placerade kunna sätta igång själva med odlingarna och bygga upp ett samhälle.

Jag hade tänkt att göra en längre resa söderut och först prata med Ola om vad som kommer att hända och om han ställer upp på mina tankar om kommunikation mellan byarna och om också Tore ställer upp på det. Jag tar naturligtvis inte något för givet då de är de som redan bor här som bestämmer vilken utveckling de vill ha.

Det har i alla fall fungerat att använda stugan för att diskret kunna både gå och köra in genom den utan insyn. Garaget vid andra portalen fungerade också utmärkt då man anlände genom portalen inne i garaget. Och än så länge har vi inte märkt någon som varit nyfiken på vad vi håller på med då det trots allt ligger avsides och inte många passerar infarten till stugan eller garaget.

Jag bestämde mig för att ta en resa ner till kusten i den andra tiden. Jag gick in i portalen och gjorde iordning en elbil och lastade på det lilla släpet sex stycken kortvågssändare inklusive antenner samt sex solceller med ett litet uppladdningsbart batteri för sändaren. Wolf som naturligtvis var med gick eller sprang bredvid mig. Det kändes att här trivdes han bäst. Jag hade flera gånger frågat honom ifall han inte skulle stanna här inne, men han ville följa med mig oavsett var jag gick. Jag hade inget emot det eftersom han med tiden mer och mer blev en riktig familjemedlem.

Jag startade och körde ut på den plana gräsängen och följde den och körde i sydvästlig riktning och när jag kom fram till den första åsen följde jag den kanten och bilen var stadig då den har en låg tyngdpunkt och lagom bred utan att det fanns tendenser att välta när man körde på skrå. Det gick bra att köra genom skogen om man bara planerade färdvägen framåt och såg att det inte fanns hinder eller för smalt mellan träden. Det gick ganska snabbt att ta sig fram, kanske drygt tjugo km/tim även om toppfarten för bilen var strax under fyrtio km/tim. Jag kom ur skogen vid ravinen strax söder om där Autio-bron hade varit och det var inte så brant ner till botten av ravinen och sedan var det mycket lättare att köra längs efter bäcken neråt. När vi närmade oss ”gamla” Pajala stannade jag vid sidan och promenerade sista biten mot byn. När vi var framme mitt i byn kom många fram och hälsade på mig och de var glada att se mig och jag tackade för senast när vi hade festen. Jag gick bort till Olas hus och knackade på dörren och Gun öppnade.

-Nämen vad roligt, du är tillbaka igen

Hon gick fram och gav mig en stor kram. Vi gick in och Ola satt vid bordet och drack kaffe

-Vad trevligt att du kommer och hälsar på, varsågod och sitt ner och ta en fika. Sade Ola

-Tack det blir gott, hoppas ni har haft det bra sen vi sågs.

-Jo vi har haft det bra. Tore och de andra har varit här och hälsat på många gånger sedan du red härifrån. Han berättade att ni hade träffats och att de följde med till din by.

-Vi kom jättebra överens och han är en mycket klok man med bra inställning till andra människor och byar. Har Tore berättat något mer om våra upplevelser?

-Han har berättat allt och vi kom överens om alla skulle få reda på sanningen om dig och hur du kom hit. Hoppas du inte hade något emot det?

-Nej, absolut inte. Jag är faktiskt glad att jag inte behöver dölja sanningen och det gjorde jag, som du vet, bara för att skydda er. Jag är faktiskt på väg att träffa Tore och planera lite om framtiden med honom. I de delarna är ni också eventuellt också delaktiga om ni vill.

-Vad jag förstår kan det bli en förändring här omkring med nya människor om du lyckas med det ni har planerat.

-Det blir säkert förändringar men jag hoppas att det blir till det bättre med lite mer människor som kan hjälpa till och umgås med. Och förhoppningsvis att det kan uppstå kärlek mellan de infödda och de nya som kommer. Jag har tänkt mycket på att det trots allt finns hjälpmedel i min värld som kan vara till nytta vid förändringarna och det är inte sådant som kan skada naturen på längre sikt. Det är viktigt att leva i harmoni med naturen fortsättningsvis som ni gör nu. Jag har med mig lite saker som jag tror kan vara till nytta för byarna tillsammans, men jag har lämnat de utanför byn ifall ni inte vill ha det stödet.

-Det beror ju på vad det är men jag är övertygad att du tänkt igenom det utifrån din erfarenhet av det du såg förra gången du var här.

-Du kan ju följa med dit jag lämnade mina saker och ta med vem du vill för rådgivning.

-Bra, det kan vi göra, jag ska prata med några att följa med som stöd.

Jag drack upp kaffet och så gick vi ut och Ola ropade på ett par män och kvinnor om de ville följa med och titta på en sak. Det var fyra stycken som följde med och vi gick ner till ravinen och gick uppför tills vi kom till min last. De tittade storögt på bilen och släpet som stod där.

-Vad är det för något? Frågar Ola

-Det är ett redskap som kan åka och den drivs av solen och ger inga avgaser alls. Det som är bakom är en kärra så man kan lasta lite mer. Både saker och människor.

Jag satte mig vid förarsätet och förklarade ungefär hur den fungerade och körde fram en bit så de kunde förstå hur den fungerade i praktiken. Jag visade på lasten och sa:

-Här är de sakerna jag trodde kan vara till användning framöver. Den här saken kallas kommunikationsradio och med den kan man prata med någon som har en likadan nästan hur långt som helst. Om Tore vill ha en sådan skulle ni kunna prata med varandra utan att behöva åka till varandra. Om varje by har en sådan kan man tillsammans ge varandra information och man kan komma överens om olika saker, tex regler eller att man tillsammans kommer överens om att hjälpa någon by som har någon form av problem. I alla fall så länge de här kan fungera, kanske ett antal år. Och den här spretiga saker är en antenn som gör att signalen kan gå längre sträckor. Och de här platta sakerna som kallas solceller är samma som ni ser på bilens tak som laddar batterier som kan ge kraft. Så kort sagt är det jag undrar om ni tror på idén att kunna prata med andra byar och att sätta upp spröt i byn och radiosändaren i någons hus.

De vände sig till varandra och småpratade en stund och Ola vände sig sedan tillbaka mot mig.

-Vi alla tror att det är en jättebra idé och inte allt som utvecklas är något dåligt. Även om vi fortfarande är förundrade över bilen här.

-Ok, då gör vi så här, ni kan sätta er på kärran, två på var sida och bara se var benen är så ni inte fastnar.

De faktiskt nästan sprang för att få en plats ungefär som barn som blir upphetsade. Jag vände mig bakom för att se att alla satt bra och började köra försiktigt fram. Man såg i deras ögon att de tyckte det var skojigt. Jag körde på sidan av bäcken ända ner till gångbron som de hade byggt där de brukade bada. Den var så bred att det gick att köra över till andra sidan. Jag körde upp på slänten och ända fram till Olas hus och stannade där. I princip hela byn kom dit och gick runt bilen och släpet och kände på materialet och såg förundrade ut.

-Det ni ser här är en så kallad bil och den får sin kraft från solen genom den platta saken som är på taket och den gör om det till el kallas det och det går ner till dessa två fyrkanterna som kallas batteri och från batteriet går kraften vidare ner till de bakre hjulen och där sitter en motor det är en rund sak som börjar snurra när kraften kommer och då kan man åka framåt eller bakåt. Den kommer från min värld och det blir inga giftiga saker som kommer ut och förstör naturen. Egentligen behövs den inte här, men jag måste köra saker till alla de byar vi känner till och det går bra som ni ser att lasta saker och transportera. Det kan också vara människor som ni såg när vi kom hit.

Jag gick till släpet och lyfte av en av solcellerna, antennen och radiosändaren. Jag sa till församlingen;

-Den här plattan skickar alltså kraft till batteriet som ligger kvar där på släpet och gör så att denna radiosändare gör att man kan prata med andra byar som har en likadan radio. Det kan kanske vara viktigt i framtiden om man vill bestämma något gemensamt alla byarna. Jag är på väg att åka ner till kusten och lämna en likadan till Tore som jag tror att ni alla vet vem det är. Ni är den första byn som får den så man kan inte prata med några andra just nu. Men så fort jag lämnat en till Tore så kan ni prata med varandra. Jag kommer att koppla ihop den klart och visa hur den fungerar. Jag har förstått att vi monterar den inne hos Ola där det nästan alltid är någon som kan höra om någon annan försöker kontakta er.

Jag bar in batteriet och sändaren i till Olas hus och kopplade sändaren till batteriet. Sedan fick jag hjälp att sätta fast solcellen och antennen upp i taket vid kortsidan och monterade fast solcellen mot syd. Vi drog ner kablarna från antennen och solcellen genom ett hål i väggen. Jag kopplade alla delarna och såg att batteriet tog emot laddning och strömmen gick fram till sändaren. Jag satte på den och visade vilken kanal de skulle ha igång och jag ställde in så att det inte brusade när ingen sände. Jag visade hur de skulle prata i mikrofonen och att de skulle släppa knappen när de inte pratade. Gun, Ola och två andra fick speciellt lära sig hur den fungerade. När allt var monterat och klart fanns det mat framdukat och jag upptäckte att jag inte hade ätit något på hela dagen.

Efter maten tog jag en promenad i byn och kom fram till ett hus jag inte tidigare hade varit till. Dörren stod öppen och jag tittade in och såg att det var full aktivitet där inne. Jag gick in och såg att det var fullt med någon form av vävstolar som stod utspridda i lokalen. Vid vävstolarna satt både män och kvinnor och gjorde tyg. När jag frågade den närmaste mannen så sade han att de gör tyget av fårens ull. Jag hade alltid trott att det bara gjordes tjocka tröjor av ullen. Men, här såg jag att de tillverkade tunna fina tyger. I lokalen hängde färdiga kläder av många olika sorter och de såg ut precis som de fabriksgjorda kläder som finns i vår tid. Jag frågade hur de kunde få tygerna så tunna och ändå täta. Mannen berättade att fårens ull i det här varma klimatet blir tunna och slitstarka och att de spinner ullen i tunna trådar. Det var fantastiskt vackra kläder av olika modeller och färger. Här såg jag att man behållit gamla kunskaper att både tillverka och färga tygerna utan att använda avancerade maskiner.

Det fanns också en del av lokalen där de hade massor av skinn som de både sydde kläder och skor av. Det är uppenbart att de tar vara på de resurser som finns. Då fick jag också en förklaring av att de hade så många får trots att de flesta var vegetarianer.

Det här kan man informera nya invånare att lära sig hur man gör så att kunskaperna vidarebefordras till nya emigranter.

ÅTER TILL KUSTEN

På morgonen tog jag farväl av Gun och Ola och tackade för jag fått sova över hos dem. Jag gick ut till bilen och då kom också Wolf tillbaka från morgonens jakt han hade gjort. Jag satte på strömmen och körde sakta mot ravinen och när jag var på väg ner för slänten stod Hero där och väntade. Jag stannade och gick fram till honom och klappade och smekte honom på halsen.

-Hej! Det var längesedan vi har träffats, jag har verkligen saknat att rida på dig. Men jag kan inte rida nu, jag måste köra bilen.

Även om han inte förstår vad jag säger är jag övertygad att han hörde på min röst att jag saknat honom. Jag klappade honom en gång till och gick tillbaka till bilen och fortsatte att köra ner i ravinen och jag körde söderut. Hero följde efter tillsammans med Wolf sida vid sida. Jag bestämde att det går bra om han följer med, ifall det skulle strula med bilen eller att den skulle fastna skulle Hero kunna dra loss mig.

Jag körde inte så fort och vi stannade och övernattade på vägen efter jag svängt av ravinen och hade kommit fram till Kalixälvens ravin. Efter frukosten dagen efter fortsatte vi färden neråt mot ättlingarnas by. På eftermiddagen kom vi fram och då körde jag direkt till torget och stannade där. Även här strömmade byborna fram och undersökte fordonet och var nyfikna. Tore och Mia kom gående och vi hälsade på varandra;

-Hej på er, det var längesedan vi sågs senast. Hoppas allt gått bra?

-Allt har gått bra och vi har varit aktiva och hittat ett par nya portaler som man kan gå in i. Men, vi har inte testat ännu. Det var samma avstånd mellan portalerna som vi hade hoppats på som er portal där uppe. Just nu satt vi och planerade nästa steg. Men, vad är du har med dig här? och pekade på bilen och lasten.

-Jag bestämde mig att erbjuda er några saker som kanske förenklar kommunikationen mellan byarna.

Och sedan förklarade jag vad en bil är och hur den fungerade precis som jag hade förklarat i förra byn. Jag sa också att det är naturligtvis de som bestämde vad de ville ha.

-Absolut! Det är en mycket bra idé du har. Det är förutsättningen för en bra utveckling och inte minst att vi kan dela på de kunskaper vi har och göra avstånden mindre. Jag kan avdela till någon här i byn som kan sköta kommunikationen med sändaren.

-Och till dig Mia har jag en lite gåva till dig och plockade fram ett stort paket som jag hade lagt på släpet och överlämnade till Mia.

Hon tog emot paketet förvånad och öppnade det. Jag hade handlat innan jag for på en konstaffär dukar och oljefärger samt block och olika sorters pennor för att rita och skissa med.

-Men..he..va, vilka fantastiska saker och jag vet inte hur jag ska tacka. Jag är alldeles stum och vet inte vad jag ska säga! Tack så mycket. Sade Mia stammande.

-Med din talang så borde du få göra vackra målningar och skisser till allmän beundran eftersom jag såg hur skicklig du är att avbilda.

När Tore visade mig vem han tyckte skulle vara bäst på att sköta sändaren som hette Rune körde vi till hans hus och monterade solcellen och antennen på taket och kopplade in kablarna i ett av hans rum. Jag visade hur det fungerade och tryckte in mikrofonkontakten och sa;

-Detta är Bertil som pratar, är det någon som lyssnar?

Nästan omedelbart fick jag ett svar

"Hej! Detta är Ola som svarar och jag hör dig som om du stod vid min sida"

Jag lämnade över micken till Rune som skulle vara ansvarig och han svarade Ola och presenterade sig. Och de pratade en ganska lång stund och planerade hur de skulle hålla kontakten och att de återupptar dialogen lite senare.

Jag lastade av de övriga fyra utrustningarna, de sa att de kan ta med sig dem när de besöker grannbyarna, bland annat den byn som jag var till först när jag kom hit för första gången. Jag sa till dem att jag hade fler hemma i norr och skulle undersöka var andra byar fanns och erbjuda dem samma saker. Jag sa att om det är många inkopplade är det viktigt att de har ett system för att det skulle vara tydligt och klart vilka de är och för att inte prata förrän den andra hade släppt sin knapp. Jag förklarade att till exempel säga detta är Rune och jag söker YYY, och att man avslutar sin mening med "kom". Det är ett bra sätt så man vet när den eller de andra kan prata om de blir fler samtidigt. Men det kommer att ge sig naturligt efter ett tag. Jag förklarade att batteriet inte fungerar i all evighet och att förr eller senare kommer batteriet sluta fungerar och därför har de ett reservbatteri.

-Jag kommer att skaffa ett antal och ha i lager som kan fungera i många år. Sedan får man hitta på något eller så kan utvecklingen göra att någon eventuellt kan tillverka någon form av kommunikation. Vi kan aldrig veta om portalerna är öppnade för evigt eller om de kan försvinna vilken dag som helst då ingen har kunskap hur det kunnat bli en sådan öppning. Jag hoppas dock att de är öppna ett antal år till så vi kan ta emot de som vill emigrera hit.

Tore och de andra hade lyssnat på vad jag sa och nickat i samförstånd om det jag sagt. Jag litade på att Tore och de andra i byn tog ett ledarskap i början då de hade varit de första att berätta världens historia för byar de kom till.

Jag blev inbjuden till det stora huset där de bjöd på mat och sovplats under natten.

På morgonen träffades vi i husets pentry och åt frukost och jag berättade vad som hade hänt sedan vi träffades senast och hur jag använt pengarna jag fått för guldet och vad jag köpt in. Tore sa att han kunde skicka med lite av det utsäde som de hade tagit vara på i sin egen skörd. Många av de grönsakerna fanns ju inte i den gamla världen.

-Jag har tänkt att lämna bilen och släpet här så ni kan frakta vidare. Ni har säkert någon som kan klara av att köra den och förstå principen.

-Det skulle vara perfekt att ha, en tid i alla fall. Vi ska inte göra oss alltför beroende av den då den inte kommer att fungera för evigt. Men, redan nu ser jag utvecklingsmöjligheter att tillverka kärror med andra hjul som kan dras av hästar och det kommer att bli lika bra för våra eventuella behov.

-Jag håller med. Som en start samt att om vi får många att emigrera hit kan vi frakta dem innan de har lärt sig livet här och hur det fungerar. Även om batterierna slutar fungera så går det att koppla direkt från solcellerna till radion så länge solen lyser. Jag kommer också att testa vid vår utgångsportal att placera en antenn på den här sida av tiden och ha sändaren i garaget på min sida och då kanske vi kan prata med varandra fast vi är i olika tider. Ni märker om det fungerar. Det borde nästan att fungera.

Jag berättade vad jag skulle förbereda innan jag också flyttar över definitivt till den här världen. Ett antal nyttiga saker kommer jag köpa in och ha som lager för kommande behov som till exempel ett antal sågar för att göra timmerstugor. Kanske också en större såg för timmer att göra plank som drivs av flera solceller på ett klimatsäkert sätt. Om de tyckte det var okey. De hade inget emot dessa planer. När vi hade ätit frukosten färdig gjorde jag mig i ordning för att hämta Hero och rida tillbaka hem. Jag fick med mig en väska jag kunde ha med mig på hästen med lite färdkost samt jag fick också en tjockare filt jag kunde använda som sadel på Hero.

Efter jag gick runt i byn och sa hej då, påbörjade jag ritten hem igen. Jag tog det lugnt och stressade inte för när jag skulle komma tillbaka hade ju ingen tid gått i min värld. Jag kan fortfarande inte förstå hur det är möjligt, men jag har vid det här laget accepterat att allt inte går att förklara utan det är bara att konstatera att så är det bara. Det jag har märkt att på något sätt går inte tiden på samma sätt. Jag har märkt att även kroppen känns mycket starkare och friskare och det kan ju bero på den rena luften utan nedsmutsad luft. Det har i alla fall varit något jag alltmer märkt på senare tid.

När jag kom tillbaka till mitt område red jag till ingångsportalen och hämtade en antenn och en solcell som jag band fast på hästen och red tillbaka till utgångsportalen och monterade antennen och solcellen vid sidan om kanten som markerade portalens gränser och kastade in kablarna genom portalen. Jag tog väskan jag fick och tog bort filten från Hero och visade med handen och sa att han skulle gå. Det verkade som han förstod och gick bort en bit och stannade där och betade lite gräs. Jag tog väskan och tänkte till Wolf att vi går in.

Jag kom hem och satte igång mobilen och loggade in på banken och såg på kontot att jag hade kvar ganska mycket pengar att köpa mer material för.

DE FÖRSTA EMIGRANTERNA

Jag hade varit hemma några dagar och bara beställt via nätet ytterligare solceller och sändare. Jag åkte till järnhandeln och köpte ett antal större bågsågar som är bra att såga ner lite mindre träd med. Sedan åkte jag till garaget och hade med mig en sändare och ett batteri. När jag kom in i garaget låg kablarna vid golvet och jag kopplade in till batteriet och sedan till sändaren. Jag skruvade in antennkontakten och satte igång sändaren.

Jag tog micken och sa

-Allmänt anrop, är det någon som hör mig. Bara en stund efter svarade Ola;

”-Jag är här och det hörs bra, kom”

”-Detta är Tore och jag hör också, kom”

-Bra, jag sänder nu från min tid och jag hör er riktigt bra, jag kommer inte vara här så länge men jag kallar när jag kommer! Kom.

Först blev det störningar, det berodde på att båda pratade samtidigt.

-Ola först, kom

”-Jag skulle bara säga att jag uppfattade ditt meddelande om att du inte bevakar i ditt garage hela tiden. Jag förstår att det tar ett tag innan vi kommer på ett sätt så vi inte pratar i mun på varandra. Kom”

”-Tore här, jag skulle säga detsamma. Men vi måste komma på ett sätt ifall det är många byar som vill prata samtidigt. Kom”

-Ni löser det genom erfarenhet. En bra väg är att man adresserar sitt första anrop till någon och säger att man går över till att prata med någon annan. Man kan också fråga efter en person eller by och göra en form av talarlista. Ni kan också komma överens om att fortsätta samtalet på en annan kanal, ni kan ändra på ratten som har olika nummer från ett till tio. Då kan man prata lite mer och de andra kan fortsätta prata i den ursprungliga kanalen. Men, som sagt det ger sig i längden. Nu ska jag vidare så jag säger, klart slut från mig.

Det kom inte någon kommentar, men efter en stund så hörde jag att Tore och Ola pratade sinsemellan.

Jag åkte hem via stugan och lämnade sågarna jag köpt i stugan och sedan åkte hem.

När jag kom hem sa Ida att det varit några och frågat efter mig och skulle komma tillbaka senare, det var en familj med nyanlända. Fast nyanlända är fel att säga, de har varit i Pajala nästan två år och vi känner varandra sedan de kom och vi har haft någon lite fest med dem vid tillfälle. Jag vet att de väntar på besked om uppehållstillstånd men har fått avslag två gånger hittills. Jag vet faktiskt bara att hans namn som var Mohammed.

Efter två timmar knackade det på dörren och de nyanlända stod utanför.

-Välkomna kom in. Det var trevligt att träffa er.

-Ursäkta att vi stör, men er son träffade vi och han sa att jag kunde komma hit och berätta vad jag sa till honom. Vi har idag fått besked att vi blir utvisade snart och vi har inget att komma tillbaka till och alla våra släktingar har dött i kriget i Syrien och vi vet inte hur det ska gå för oss och våra tre barn. Berättade Mohammed

-Ni stör inte mig alls, ni är mycket välkomna och jag kan kanske hjälpa er om ni vill. Men jag ska berätta för er en möjlighet som ni kan fundera på.

-Vad som helst, bara vi slipper åka tillbaka till landet igen.

-Om jag kan ordna så att ni kommer till en plats som är fantastisk, både varm och rent och välkomnade människor som gärna skulle vilja ta hand om er och hjälpa er att komma igång. Men, det finns ett problem. Om ni kommer dit så kommer ni aldrig kunna komma tillbaka till någon plats här. Om ni flyttar dit så är det för resten av livet!

Mohammed och hans fru Aida tittade förvånad på mig och såg undrande ut. Jag funderade hur jag ska förklara eller om jag skulle våga berätta sanningen till dem.

-Om jag ska berätta mer så måste ni lova att aldrig berätta för någon alls. Det är viktigt att inte någon vet om den platsen.

De pratade med varandra på sitt eget arabiska språk så att frun förstod vad jag sagt. Även om jag tyckt att Aida kan bra svenska. Men jag förstår att de måste tala ordentligt med varandra innan de vågar lova något. För jag är helt säker på att om de lovar något så kommer de också att hålla det.

Efter en stund som de hade pratat sa Mohammed;

-Vi är överens om att vi inte vill tillbaka till Syrien någon mer gång och att vi vill att barnen ska växa upp utan att behöva vara rädda. Sverige är bra men om du säger att det är en plats som är ändå bättre då lovar vi att inte säga något även om vi inte vill åka dit när du berättat.

-Bra, jag ska berätta. Den här världen finns i framtiden och det är en plats där bara några har överlevt för att om kanske tio år så kommer det mesta av den här världen gå under av klimatförändringarna och katastrofer över hela jorden så att nästan alla människor som finns idag dör av svält och strålning från solen. Syrien kommer inte att finnas i framtiden. Jag råkade själv att hamna i världen för ett tag sedan och jag lyckades komma tillbaka för att den tiden behövde mera människor då de är alldeles för få. Och för att den här jorden inte kommer att finnas utom några få överlevande som finns kvar. Men, de har börjat bli lite sjuka för att det hade blivit för nära släktingar i generationer. Det blev alltså mer inavel, om du vet vad det betyder. Jag kan ta er dit och om ni inte med en gång tycker om landet så kan jag ta tillbaka er. Där är ett bra klimat och man har inga maskiner utan det växer så bra att de har mat i överflöd. Men, då ska ni veta att era barn inte har någon framtid i denna tiden. Det var en lång sammanfattning och ni kanske inte tror på mig, men jag lovar att det är sant.

-Det var inte vad jag väntat mig men din förklaring låter sant och jag har svårt att tro att denna världen kommer att gå under även om jag också har läst varningarna i tidningarna. Men, vi har inget val en utvisning skulle innebära att vi skulle skickas till Irak där vi bodde som flyktingar först när vi flydde från Syrien. Så svaret på din fråga är ett JA, vi skulle trivas på ett sådant ställe om det bara är lite av vad du berättat.

-Hur kom ni hit till byn?

-Jag har jobbat extra och sparat pengar och köpt en gammal bil som fungerar någorlunda och den är inte värd så mycket även om jag lämnar den här. Eftersom vi inte vet hur fort migrationsverket tvingar oss att flytta så är det mycket bråttom att komma härifrån eller gömma oss.

-Om ni kan samla ihop era saker så kan jag hjälpa att frakta det till gränsen av tiden och hjälpa er att komma in och att göra så ni kommer igång.

-Vi åker med en gång och packar. Kan jag få ditt mobilnummer så ringer jag när vi packat ihop.

De fick mitt nummer och de blev mindre nervösa än vad jag trott när jag berättade vad som väntade dem. Men, man ska komma ihåg vad de har fått utstått de senaste åren.

Efter tre timmar ringde Mohammed och sa att de är klara.

-Men, har ni verkligen kunnat packa era saker redan? Det har ju bara gått tre timmar sedan ni åkte härifrån.

-Vi är vana att snabbt flytta på oss som flyktingar och vi har inte samlat på oss så mycket.

-Vad ska ni göra med bilen?

-Jag har lagt en lapp i en kompis brevlåda och lagt bilnycklarna och registerbeviset och skrivit under ägarbyte till honom.

-Jag kommer med en gång, ska bara ta på mig kläderna. -Ida ska du följa med?

-Nej, jag stannar nog hemma för jag har ett par dagar till att jobba på min uppsägningstid.

-Okey, men jag åker och följer med dem och ser till att de kan bo på byn hos Ola. Ska åka snabbt förbi garaget och se om jag kan få tag i honom på radion.

Jag åkte direkt till garaget och kallade på Ola i radion och han svarade nästan direkt på mitt första anrop. Jag förklarade mycket hastigt situationen för familjen och att jag lovat ta dem till er tid. Och Ola svarade att de är välkomna och att de faktiskt har en ledig stuga då en i byn har träffat och gift sig med en kvinna från en annan by och de ska bosätta sig där. Jag avslutade samtalet och sa att vi ses snart.

Efter jag var i garaget åkte jag direkt och hämtade upp Mohammed och hans familj och allt de ägde fick plats i bilen. Jag tänkte vilken orättvisa det är i världen.

Vi kom fram till stugan och lastade av deras saker och lade dem alldeles utanför portalen, jag lade allt de hade på en kärra och bad dem att gå rakt fram och att jag kommer alldeles efter dem. De gick igenom portalen och de hade ingen aning att öppningen var där och jag såg deras kroppar försvann och jag kom direkt efter och drog med mig kärran in.

När jag kom igenom hade både Mohammed och hans fru Aida gott ner på knä och mumlade något och såg på barnen med stor glädje. Redan nu förstod de att de var fria och att min berättelse var sann.

-Tack för att du räddade livet på oss Bertil!

-Välkommen till den här tiden, jag är övertygad att ni kommer att trivas här. I den här världen finns inga pengar utan alla hjälps åt så gott de kan. Det är framför allt ett jordbrukssamhälle här med inriktningen på vegetarisk mat blandat med får och några kor.

Jag gick till förrådet och tog fram ett antal fröpåsar och de fick titta igenom och välja några sorter som de speciellt tycker om. Det första de valde var kikärter som är mycket vanligt i deras hemländer. Även mynta och majs ville de ha.

Nu var det dags att ge sig iväg till byn. Jag tog fram en bil och kopplade på ett släp och vi lastade på de få ägodelarna de hade på släpet och de klättrade upp och de satte sig tillrätta med barnen mellan sig. Även Wolf (som naturligtvis följde med hit) hoppade upp på släpet och lade sig vid fötterna så att barnen inte skulle bli rädda, men det var ingen fara för det älskade hunden och klappade och smekte honom. Jag började köra som tidigare till åsen som var den gamla vägen till Käymäjärvi och följde den söderut och över den före detta vägen till Kaunisvaara och vidare svängde ner till ravinen och följde bäcken fram till byns badplats och körde över bron de byggt för att komma fram till fruktträdgården. När jag körde in i byn så tror jag alla invånarna var strax utanför Olas hus och så fort vi stannade så kom de en och en och tog de nyanlända i hand och hälsade dem välkomna och att de hoppas att de ska trivas i sitt nya hem. Man såg att Mohammed och hela hans familj blev rörda då de aldrig blivit så bra mottagna även om de känt sig välkomna i Pajala. Men inte så här intensivt.

-Ni ska alla känna er välkomna och ni är efterlängtade för byn skulle må bra om vi skulle bli lite fler invånare. Ni kommer att få ett hus här borta som ni kan bo i så länge ni vill. Det som är naturligt i vårt samhälle är att man hjälper till utifrån sin förmåga och vi delar allt vi odlar eller föder upp. Barnen ska få vara barn och de hjälper till om de vill det. Vi har en skola för barnen där de får lära sig läsa och skriva samt få lära sig om världens historia så att vi inte gör om samma misstag att förstöra naturen och jorden. Så en gång till ni är välkomna, ni kommer snart att lära er namnen på alla här och vi lär oss era namn.

Hela attityden och minspelen i bybornas kroppar visade en genuin glädje och välkomnade. Jag är säker på att familjen kommer att trivas här och bli en del av samhället. Ola tog med dem och visade huset som hade två sovrum och ett vardagsrum kombinerat kök. Och Aida hade tårar i ögonen när hon gick runt och tittade på rummen. Hon tog alla hon kom åt i hand och tackade och tittade dem i ansiktet och alla blev glada och uppmuntrade över deras glädje som de visade.

Jag önskade Mohammed och Aida lycka till och sa att vi kommer att mötas fler gånger framöver. Förhoppningsvis finns det fler personer som kan tänka sig att flytta till den här tiden. Men, nu är det dags att åka hem igen. Jag sade adjö till de övriga och gick och satte på nyckeln i bilen och började köra tillbaka ner till ravinen och denna gång följde jag stigen mot fruktträdgården och svängde in på vänster sida in i skogen fram till portalen.

Då fick jag en tanke, vet inte varför, att jag skulle kolla portalens gränser. Vi hade märkt ut diskret var gränsen gick på båda sidorna och längst uppe. Jag tog en stav och petade vid kanten på portalen och staven försvann inte. Jag testade lite åt sidan till stavens topp försvann och såg att det verkade som portalen blivit mindre. Jag testade likadant på andra sidan och det var samma där. Jag tog en längre stav upp mot märket i överändan och även här hade det flyttat sig. Jag blev nervös för det var alldeles tydligt att öppningen hade krympt lite. Jag mätte hur det hade minskat på alla sidorna och det var tjugo centermeter på bredden som det minskat på ett par månader. Det innebär att portalen kan försvinna om några år.

Jag körde igenom med bilen och släpet som Wolf satt på och kom igenom in i garaget. Jag stängde av och satte igång sändaren och anropade Tore eller någon i den byn. Jag fick svar efter en stund och det var Rune som fått ansvar för radion och jag berättade om nyheten att en familj flyttat till Olas by från min tid och att de ville stanna kvar för resten av livet. Han skulle vidarebefordra informationen till Tore senare. Jag tackade och sa hej då.

Jag öppnade garagedörren och körde ut golfbilen och släpet och låste dörren till garaget sedan åkte jag efter den lilla vägen till stugan och parkerade bilen och släpet vid sidan av stugan och tog min egen bil och körde hem.

TIDEN MINSKAR

Efter jag upptäckt att portalen minskat i storlek inser jag att jag inte har hur mycket tid som helst på mig.

Jag måste bli mer aktiv att få människor att emigrera.

Jag fick en idé som jag kan göra. Jag startade datorn och kopplade in min VPN som gör att jag kan vara anonym på nätet och som extra försiktighet loggade jag in på en server som erbjuder att vara garanterat anonym. Jag hade tidigare sett att det finns några forum där man diskuterade klimatförändringarna och många av deltagarna var sådana som brukade demonstrera och agera mot företag som hade produktion och som smutsade ner luften med stora utsläpp.

Att anmäla en ny medlem var inte så svårt, jag gjorde ett alias och uppgav den skyddande mejlen som jag skaffade via den anonyma servern. Det är helt omöjligt att spåra varifrån jag skriver och mejlar från.

Jag skrev i forumet under en ny tråd om hur framtiden skulle bli och jag även skrev om att det finns en portal som ledde in till en framtid långt fram i tiden. Jag skrev den sanna historien om hur det startade hårdast i USA och hur vädret och katastroferna avlöste varandra så att befolkningen blev sjuka och hela samhället kollapsade och hur människorna svälte och hur ozonlagret hade stora hål över nästan hela jorden och att människorna dog av strålningen. Jag skrev om klimatflyktingarna som ingen ville ta emot och hur bara en liten del av de allra nordligaste och sydliga delarna undkom de värsta katastroferna. Jag skrev om hur denna delen av jorden överlevde och efter lång tid fick ett klimat som gjorde att jorden blomstrade och att jorden blev frisk igen. Tillbörjan blev den övriga delen av jorden mer eller mindre en öken då torkan i dessa områden dödade allt levande. Jag berättade vad som hände då all is på jorden smälte och vattennivåerna i havet ökade med flera meter. Jag avslutade och skriva hur det har blivit där idag med två solar och att det föll regn varje natt så att växtligheten blomstrade och problemet att människorna där behövde utökas för att undvika inavel och att människosläktet skulle på nytt blomstra. Jag beskrev att de som idag bodde där, levde i harmoni med naturen och hade inga maskiner som smutsade ner.

Jag tryckte på publiceringsknappen att väntade på eventuella reaktioner. Jag gick in på sidan efter några timmar och det var fullt med kommentarer, många som skrev att det var svammel allt som stod där. Men, flertalet började diskutera och skrev att precis så här kommer det att gå. En som skrev att han var professor i biologi skrev att förutom portalen kommer det att gå till så här och han har i flera forskningsinlägg påtalat hur världen kommer att gå under och att det redan är försent att läka jorden då temperaturökningen i atmosfären redan har passerat möjligheten att göra något. Och i hans uträkningar kan det vara troligt att längst uppe i norr skulle det finnas en liten chans att det går att överleva dock med ett tropiskt klimat.

Efter professorns inlägg kom dialogen verkligen igång och många skrev att de skulle ta chansen imorgon dag att emigrera om de visste var portalen fanns.

Min alternativa epost svämmade över med vädjan om att få komma dit från kanske hundratals personer och många hade lämnat sitt namn och adress och deras födelseår och hur många de var i familjen. En del skrev att de var beredda på att betala hur mycket som helst för att emigrera.

Under dagarna som gick syntes det att många fler som verkligen trodde på historien och var positiva till att vilja flytta. Vid något tillfälle efter kanske tre dagar skrev jag åter ett inlägg om varför jag var försiktig så att, bland annat, militärer och maktmänniskor inte skulle få veta var portalen finns och vikten av att endast de ”rätta” människorna skulle få komma in, det vill säga de som var beredda att huvudsakliga arbetet man gjorde var att odla och leva i harmoni med naturen.

Diskussionerna fick ytterligare fart och de skrev om hur man skulle kunna undvika att det blev allmänt känt var portalen fanns. Många hade också förslag på att man kan komma överens om någon plats där man kan träffas och därifrån fraktas vidare så att man inte visste var man åker. Många lyfte vikten över att ge barnen och kommande generationer en chans att överleva.

Jag gick igenom mejlhögen och försökte plocka ut ett antal som var trovärdiga kandidater som jag på något vis skulle kontakta, bland annat professorn som skrev i forumet.

Jag skrev ett mejl till honom och frågade om han allvarligt kunde tänka sig att emigrera och jag skrev också och frågade var han bodde och hans familjesituation.

Sedan valde jag ut ytterligare fyra stycken som jag skrev till. Innan hade jag kollat upp samtliga och sett att de varit aktiva i forumet under lång tid och alla hade det gemensamt att de redan för flera år sedan varnat för konsekvenserna av en klimatkatastrof. Jag hittade också avhandlingar och insändare alla hade gjort under åren och som visade att de har tagit miljöhotet på allvar. Jag fick svar av samtliga fem att de absolut skulle vilja emigrera och börja ett nytt liv med familjen. Alla kom med olika förslag om hur det skulle kunna gå till utan att någon oinvigd skulle få reda på var portalen fanns och vem jag är.

Eftersom det fanns mycket pengar kvar i kassan från guldet jag sålde så skickade jag en personlig inbjudan att få en förvisning av världen och en betald tågbiljett till Kiruna med instruktion vad de skulle göra när de kom fram och att de var fem personer från olika delar av Sverige och att det skulle finnas en transport som väntade på dem när de kom fram. Jag skrev också att det inte skulle bli rädda att jag inte visar mitt ansikte förrän vi är i den andra världen. Jag fick snabba svar från samtliga att de hade förståelse för försiktigheten och att det är helt riktigt att vara anonym så länge som möjligt.

Jag planerade hur jag skulle kunna ta dem till Pajala utan att de vet var de hamnar. Jag köpte en minibuss som inte hade några fönster bak hos passagerarna och en lucka till förarsidan så de inte kunde se vem som körde. Jag kopplade in en mikrofon och högtalare för att kunna kommunicera under färden.

Dagen för deras ankomst kom och jag hade organiserat så gott det gick och höll tummarna för att allt skulle gå vägen.

De kom till stationen och jag hade beställt en stor taxi som hade en lista med namnen och tog emot dem. Jag hade informerat dem att de skulle bli hämtade till ett ställe och skulle vänta där en stund så kommer vi och hämtar dem där. Taxin åkte till garaget under gamla Kupolen, som förut var en ICA-butik och garaget var en kundparkering då. De gick ur taxin och tog med sig sina packningar och stannade kvar där tills jag tryckte på en knapp så dörren till passagerarutrymmet gled upp och jag pratade i mikrofonen och bad dem stiga in, när alla kommit in tryckte jag på knappen igen så att dörren stängde sig igen. Karl startade minibussen och började köra.

-Jag hälsar er alla välkommen och jag ber om ursäkt med allt hemlighetsmakerier, men jag måste vara försiktig som ni vet. Det finns kaffe, te och smörgåsar bredvid er, det tar några timmar tills vi kommer fram. Har resan gått bra?

-Jo, det har gått bra! Sa alla på en gång.

-Ni kan under tiden vi åker lära känna varandra då vi kommer att vara tillsammans en tid. Jag hoppas att ni tagit med er tunna sommarkläder för det kommer att vara varmt. Jag heter Bertil, så mycket kan ni i alla fall få reda på och chauffören heter Karl. Det kommer finnas gott om tid för frågor ni har senare. Ropa om det är något ni behöver eller vill.

Karl körde en lite extra slinga för att se om det var någon som förföljde oss. Vi konstaterade att ingen fanns efter oss. Det i alla fall drygt två timmar att åka och när vi kom fram öppnade jag den stora dörren så att minibussen kunde köra in.

Vi öppnade dörren och sa att de kunde komma ut och ta med sig sin packning. När de kom ut tog jag alla i hand och hälsade välkommen, de jag hade bjudit in var två kvinnor och tre män. Jag instruerade dem och sa vad som kommer att hända och att de inte kommer märka av portalen. Sen bad jag dem komma fram och ställa sig jämte mig.

-Karl kommer inte att följa med och han kommer och möter oss vid utgångsportalen. Ok, gå nu rätt fram och jag kommer samtidigt.

De var en liten aning framför mig och man såg att delar av deras kropp försvann in i portalen. När jag kom igenom stod de som helt förstenade och tittade upp mot solen och träden, jag förstod att de skulle märka att trädsorten har de aldrig sett förut. Alla fem har en mycket hög utbildning och är både ekologer och biologer så det kan läsa av naturen på ett mer proffsigt sätt än vad jag kan.

-Nå, vad tycker ni. Ni ser att jag inte ljugit för er.

Professorn som hette Kent svarade först;

-Verkligen inte, det är det finaste balans i naturen som jag någonsin sett. Även om det är ett tropiskt klimat så är det en balans som jag inte kunde tro fanns.

-Ja det är sant, att naturen och klimatet är så här beror bland annat på att varje natt regnar det här, och det beror på avdunstningen av havet som är djupare nu och att vindarna inte svänger så mycket utan har ungefär samma bana varje dag. Det finns höga bergstoppar västerut som gör att nederbörden kommer här på denna sidan. Samtidigt lyser det en sol mycket längre här.

-Vi ska ta en ytterligare tur så att ni får se naturens olika delar, men först kan ni byta om till tunnare kläder där borta i den lilla stugan annars dör ni av överhettning! Sade jag.

De gick till stugan jag pekade på och gick in i varsitt rum, kvinnorna i ett och männen i det andra rummet och bytte om. När de kom tillbaka hade de mycket bättre ändamålsenliga kläder och gummiskor. Jag visade dem att det inte gick att komma ut samma ställe som de kom in, det är enkelriktat. När jag stod och förklarade såg jag att de som stelnade till och tittade bakom mig, jag vände mig om och såg att det var Wolf som sakta kom mot oss.

-Det är ingen fara, det är min bästa kompis i den här tiden. Han heter Wolf och är mycket snäll och mycket intelligent hund. De har överlevt och lever ett ”vilt” liv i den här världen.

Jag visade mitt förråd och förklarade att de som kommer som emigranter får med sig några hjälpmedel för att starta en boplats som de själva väljer eller kan man flytta in i någon av byarna.

-Det finns säkert byar som jag inte känner till, men hoppas att någon kan undersöka i den här norra delen var det finns byar. Vi har ett antal kortvågssändare som placeras i de byar vi känner till så att man kan ta gemensamma beslut eller överföra kunskaper till varandra. Eller varför inte träffas och kanske kärlek uppstår i möten mellan byar.

-Nu tänkte jag att vi kan ta en promenad genom skogen till en bäck som jag brukar gå till.

Vi gick vid skogskanten och svängde in i skogen där jag första gången hittade ananas. När de såg plantan och frukten studerade de den noga. Kent säger;

-Märkligt att den har kunnat rota sig här, även om det är perfekt miljö för att växa här. Det måste ha varit mycket gamla frö som legat i jorden sedan lång tid tillbaka eller är det någon som tidigare slängt någon ananas på kompost eller liknande. Det är inte så konstigt att den sprider sig när det väl finns en planta sprider den sig genom vinden eller något djur som ätit av den och att den på så sätt spridits.

-Det finns en hel del av frukter och grönsaker som är annorlunda och som jag inte vet vad det är för sort eller var det kommer från. I det här klimatet sprids växterna bra om de en gång rotat sig. Det finns även djur som jag inte känner till men som liknar djur vi har haft. Det har naturligtvis varit en evolution för jag vet inte hur lång tid i framtiden vi är. Jag gissar på några hundratusen år. Men det är ju kunskaper som en del av er kan utröna, även om det inte är så viktigt att veta.

Vi gick vidare till den öppna platsen med ravinerna och den vackra böljande grässlätten och gick ner till bäcken. De gick omkring och såg att det fanns fisk som simmade i bäcken.

-Vattnet är rent och jag dricker det utan att koka det. Jag har inte blivit sjuk av vattnet eller annat jag ätit härifrån.

Det var tydligt att ett par av dem var forskare och de vände på stenar och ibland gick ner på knä och undersökte något de sett.

-Det är verkligen en perfekt balans i naturen här. Här vill jag absolut bo med min familj och jag bryr mig inte om de moderna sakerna som finns i vår tid. Här har man all möjlighet att vara frisk och bli gammal. Det är en framtid för våra barns utveckling. Kort sagt så är det paradiset på jorden. Jag förstår att du Bertil gör allt i din makt för att inte ”fel” människor kommer hit och förstör. Jag håller också med dig att inte det här kommer till allmän kännedom och speciellt inte myndigheter och försvarsmakten. Säger Kent

-Absolut, jag blir glad när du säger så. Det var ju en chansning att berätta om platsen och få några kontakter som skulle uppskatta den här världen och att veta att kommande generationer kan leva ett bra liv i samklang med naturen. Jag har dock märkt att det jag kallar portal har börjat att minska lite i storlek, min teori är att den stängs om inte allt för lång tid, kanske några år. Det är viktigt att man inte väntar för länge om man tänker emigrera. Jag själv ska snart göra det om det går att bygga upp någon form av organisation som kan ta emot så många emigranter som möjligt. Det kan hända att någon av våra barn är beredda att vänta ett tag innan de flyttar och kan ta över ansvaret. Jag själv och min hustru blir inte yngre och skulle vilja bo här i detta klimat så snart det går.

Jag tog ur huggaren från ryggsäcken jag bar med mig och gick till skogskanten och kapade av ett smalt träd och spetsade de som jag hade gjort förut. Jag gick efter bäcken och såg några fiskar och kastade ner spjutet och höll fast, jag hade blivit ganska duktig på att träffa. Jag fångade ytterligare en fisk till. Jag rensade och fileade fiskarna och gjorde upp en eld vid stranden och som tidigare trädde igenom en pinne och grillade fiskarna över elden. Jag hade packat ner en kaffekanna i ryggsäcken och tog vatten i den och lade den vid sidan där det nu fanns glöd och tog upp kaffepåsen av renskinn och hällde på nymald kaffe. När kaffet kokat färdigt och fisken också verkade bra ropade jag på dem alla att det finns lite fika. De kom och satte sig runt elden och jag delade ut varsin kopp till dem. Alla åt av fisken jag lagt på ett blad och drack kaffe eller gick till bäcken och fyllde i vatten i koppen och drack. Det märktes att det tyckte om den färska fisken och det blev inga rester förutom benen. Jag berättade om raviner som hade bäckar och att de tidigare varit stora älvar, men att det fanns gott om fisk i bäckarna trots att det inte var så djupt. Det märktes att de var vana att vistas ute i naturen och hade inga problem att acklimatisera sig här.

Jag sköljde ut kaffepannan och lade den i min ryggsäck efter alla druckit färdigt och vi fortsatte vandringen mot Torneälvens ravin och gick ner mot bäcken och fram där jag haft läger under det nedfallna trädet vid sidan av ravinen. Solen började gå ner och jag föreslog att vi kunde göra läger där över natten. Jag gjorde i ordning lägret med färska blad som man kan sova på och gästerna fick utforska närområdet under tiden. När alla var tillbaka frågade jag;

-Vad tycker ni? Tror ni att ni kan ha en framtid här?

-För min del är det mycket bättre än vad jag kunde föreställa mig och som ensamstående med två barn passar det mig att vara på en värld som inte har pengar men ändå gott om mat. Jag lagar för det mesta grönsaker hemma och som du säger att det finns hur mycket som helst. Hur är det här för barn? Frågade Karin

-Om man flyttar in i en by så får barnen gå i skola och verkligen få vara barn och inte behöver bekymra sig för farliga djur till exempel. Vad jag vet hittills har jag inte hört talas om farliga djur, förutom att det finns en typ av oxar som kan gå till anfall om de har kalvar och om man kommer för nära. Annars bryr de sig inte om människor. En gång träffade jag på en björn med unge och det var dramatiskt. Men, jag har inte sett någon mer. Den hade nog råkat komma igenom portalen från vår tid. Alla vuxna tar ett gemensamt ansvar för barnens lärande och de vuxna hjälper till med odlingarna efter sin förmåga. Jag tror att er allas kunskaper om växter och biologi kan vara något som byarna skulle uppskatta. I morgon ska vi gå till en by och ni får bilda er en egen uppfattning. Det finns också möjlighet att starta en egen by och jag har några få hjälpmedel för att komma igång att bruka jorden. Och kom ihåg att de som bor kvar i vår värld kommer att få svåra tider om några år då klimatförändringarna kommer att förstöra mycket av det som finns. Exempelvis mat som man måste ordna själv om man över huvud taget överlever i den tiden då allt rasar.

-Jo, jag har tänkt på det sedan du gjorde dina inlägg i forumet och där du beskrev vad som skulle hända och nu tror jag till etthundra procent på ditt inlägg om världens historia. Jag vill att mina barn och barnbarn ska kunna växa upp på vad naturen ger och i samklang med densamma.

Stina, Per, Lars och Kent sade att de höll med och att de också hade tänkt så. De sa att helst skulle de vilja att alla människor på jorden borde få samma chans. Men att de förstår att det inte är möjligt.

-Jag har tänkt mycket på det. Jag ska göra allt jag kan för att många ska få den chansen, men det är begränsningar hur långt jag vågar gå utan att det kommer människor som fördärvar och lever på andras arbete utan att själv bidra. Tyvärr finns det många sådana egoister och maktmänniskor som inte tar samma hänsyn. Att jag lade ut i forumet berodde på att jag inte vet hur jag skulle komma i kontakt med de ”rätta” människorna. Det fanns en stor chans att bland er aktivister att finna dem som skulle uppskatta ren och orörd natur mer än prylar som produceras av fabriker som skitar ner i atmosfären. Jag hoppas att ni förstår att ni inte kan ta med er så mycket som ni kanske skulle vilja. Jag har försökt att tänka på vad som inte påverkar miljön negativt. Jag har visserligen tagit hit ett antal bilar som går att använda som minitraktorer för att bruka ny mark med plog. Mitt försvar är att alla bilarna drivs endast med solens kraft och de kommer bara fungera under en begränsad tid. Om det kommer många människor så behövs de till att frakta dem till ett bra landområde för att byarna inte ska bli allt för stora. Men det behövs att de kommer ganska många eftersom det jag berättade att det finns anledning att det kan har varit lite för få människor här och det finns tendens till att man får sviter av inavel då det behövs ett större antal olika genuppsättningar för att släkten ska kunna överleva. Men, det behöver jag inte säga till er som forskat om evolutionen och biologin, det kan ni mycket bättre än mig. När vi kommer tillbaka till vår vanliga tid så hoppas jag att ni kan hjälpa till att hitta kandidater som kan tänka sig att emigrera hit och samtidigt inte riskerar att fel människor kommer och förstör.

-Det förstår jag och jag tror att alla vi förstår problematiken och att inte alla kan komma. Jag har läst medicin och ekologi och inser att de inte hade kunnat fortsätta att växa som ras då det finns ett begränsat urval. Så är det för alla levande varelser. Men ett tillskott på några tusen skulle klara att få den genuppsättningen för att inte riskera för nära släktskap. Det är med all säkerhet att de som bor här märkt det själva genom att det blir svårare att få barn och andra eventuella missbildningar. Säger Stina

-Mycket av det ni säger är helt riktigt. Jag själv är kemist i botten och de kunskaperna kanske kommer till användning i den här världen. Dessutom är min fru utbildad läkare och kirurg och hennes kunskaper är nog också välkomna i en ny värld. Säger Lars

-Det finns inte mycket att tillägga till det som redan är sagt. Min fru är utbildad inom metallurgi och är glasblåsare. Jag själv arbetar som lärare i miljövetenskap. Säger Per kort.

-Det var en stor bredd av kunskap bara inom den här lilla kretsen. Om man tillsammans har målet med en hållbar värld så är det viktigt att lära ut de kunskaperna till nästa generation. Eftersom jag forskat och undervisat inom biologisk mångfald hoppas jag att kunna vara till nytta. Jag är heller inte rädd att skita ner mina naglar utan jag gillar fysiska arbeten på min fritid. Jag vet att min familj är beredd att flytta, redan när vi läste i forumet sa min fru att det är en värld hon skulle vilja bo i och hennes största intresse är odlingar och blommor. Här skulle man inte misslyckas med odlingar det syns på faunan där vi har gått. Mycket näring och en jord som inte blivit uttorkad. Sade Kent.

-Det är ok att ni vill flytta hit, men ni behöver inte bestämma er nu utan diskutera med era närmaste vad ni sett här. Och om ni väljer att inte flytta räknar jag med att ni inte sprider för mycket om den här världen.

BESÖKET I BYN

Redan tidigt på morgonen vaknade alla och var förvånade att det redan var morgon. Jag hade inte berättat om de två solarna och nu fick de själva upptäcka det och försöka förklara hur det gått till. Det fanns alla möjliga teorier de förde fram och närmast kom Per som förstod att det var något med månen men hade ingen förklaring. Jag försökte förklara om stoftmolnet och gaser som hade kommit mot jorden men som hade av månens dragningskraft byggt på månen så att det blev ett sådant starkt trygg och det blev en kedjereaktion där gas frigjordes från solens innandöme och väte antändes över hela månen så att det blev en mini sol. Eftersom månen är så nära oss upplever vi att den är lika stark som den vanliga solen. Jag sa att det var det som hade berättats till mig av de som var ättlingar till forskarsamhället som hade bildats lite senare i vår tid. De hade också hört att det regnade på kvällen och det var fortfarande hög luftfuktighet.

-Inte undra på att växtligheten är så bra här. Regnet kommer på natten och marken hinner suga upp vätskan innan solen går upp. Det är verkligen en värld i balans. Och det är mycket riktigt beroende på att vattnet i havet värms upp under dagen och bildar vindar som drar österut på kvällen och när de passerar över bergstopparna fäller ut regnet när det kommit en bit inåt land. Det måste innebära att längre västerut har det bildats en regnskog alldeles efter bergskammen. Sade Kent

-Jo, det är teorier jag också tänkt. Men det verkar som de byar jag besökt inte har varit så långt västerut mot gamla Norges höga fjäll. De visste inte om det fanns några byar åt det hållet, men jag misstänker att det mycket väl kan finnas människor där. Där måste det först bildats ett tropiskt område som kunde odlas. Det är fantastiskt att det kan vara en sådan regelbundenhet.

-Det är egentligen inte så konstigt. Det är precis som golfströmmen vi har i vår värld. Jag misstänker att den inte finns längre då det inte är så stora skillnader i vattentemperaturen så det bildas undervattensströmmar.

Vi åt lite frukost av det jag hade tagit med mig hemifrån igår. Efter frukosten gick jag ner till bäcken i kalsongerna för att inte förnärma de andra och tog ett skönt bad i det härliga vattnet. Det tog inte lång tid innan de andra kom och badade också. Karin hade tagit av alla sina kläder och badade lite ovanför där vi var. Det märktes att hon var mer typen som naturist.

När vi badat färdigt och blivit torra packade vi ner våra saker och började gå igen. På vägen ner söderut i ravinen pekade jag ut åsen där det en gång har varit en bro och det enda som fanns kvar var att det bildats en ås där vägen gott.

Vi kom fram till byns bro över vattnet när ungefär halva dagen gått och gick över till andra sidan och upp för den lilla slänten. Härifrån kunde man se hela byn och inhägnaden med hästarna och korna och till vänster var de stora fälten med odlingar. Vi fortsatte och gick in i byn och stannade vid storstugan och jag hälsade på alla som hade sett oss komma.

Efter en stund då jag pratat med människorna som kom fram till oss, kom Ola också ut och hälsade välkommen och presenterade sig för gästerna som kom med mig. Jag förklarade att detta var fem personer jag hade kommit i kontakt med som kanske vill emigrera hit till denna tiden. Jag blev avbruten av Karin;

-Inte kanske, jag vill emigrera så fort det över huvud taget är möjligt.

-Ni är så välkomna och det finns plats här i byn eller vi kan hjälpa er om ni vill starta en egen by någonstans i vår värld. Säger Ola.

Samtidigt kom Mohammed och Aida gående och jag hälsade på dem och hoppades att de trivs. Jag berättade att de två och deras tre barn var de första som emigrerat hit för någon vecka sedan. De berättade till gästerna att det kändes fantastiskt och de hade blivit så väl mottagna.

-Ni är välkomna att titta på våra odlingar och byn och sedan bjuder vi på lite mat och fest i storstugan. Ni kom på precis rätt dag då vi ska samlas alla i byn och äta och vara tillsammans och då kan ni lära känna oss och vi er. Sedan fixar vi så ni kan sova över här och stanna så länge ni vill. Fortsatte Ola

Alla fem gick en promenad mot odlingarna och tittade och under tiden pratade jag med Ola och om han hört några nyheter från Tore.

-De hade faktiskt goda nyheter. De hade lyckats binda ihop två portaler och hade lyckats gå in där och komma tillbaka och de hade förhoppningar att de skulle kunna övertyga folk från den tiden att komma hit. Den tiden de kommit till var slutet av artonhundratalet och det var en stor svält där och de hade mött några som gärna ville flytta från svälten.

-Hoppas att det inte är några som har kopplingar till släkten här. Man vet inte vilka konsekvenser det skulle bli. Men det troliga är att det är människor som inte skulle kunna klara sig. Samtidigt på den tiden hade man inte kontakt med andra delar av landet utom i sällsynta fall.

-Ja, det har jag inte tänkt på. Fast det har ju redan hänt och då skulle det redan märkts. Tiden är en svår vetenskap, vad jag förstått fanns teorier om att tiden inte är en rak linje utom många paralleller som den kan ta. Och portalerna kanske är en linje.

Efter den nyheten gick jag och Ola och pratade lite.

-Kan ni ta emot så många eller ska jag hänvisa dem till någon annan by eller ska de starta ett nytt samhälle? Det är ju fem personer med familjer. Det skulle ju innebära fem ytterligare hus.

-Vi fixar det. Vi kan bygga några stugor till även om de inte vill emigrera hit kommer de till användning. Som du vet behöver vi mer folk utifrån för att samhället ska kunna utvecklas och utökas.

-Ok! Då vet jag var jag ska föra dem när och om de kommer tillbaka. Men, jag tror de kommer. Det kanske sker ganska fort. Men, det fixar vi tillsammans. En annan allvarlig sak är att efter jag var här senast märkte jag att vår portal hade minskat i storlek, inte mycket men man vet aldrig hur fort det kan gå. Jag skall kolla lite oftare från och med nu. Nästa gång du pratar med Tore kan du berätta det och att de också kollar lite då och då.

-Det var inte bra, det gäller att skynda på. Du själv måste vara förberedd på att flytta snart om den minska oroväckande.

-Jo jag vet! Men enligt min preliminära uträkning skulle det ta några år till innan det skulle vara omöjligt att ta sig in. Jag har räknat med att jag kommer in hit mycket tidigare. Ska bara organisera det på hemmaplan. Någon måste då ta över ansvaret att försöka få folk att flytta hit.

-Det går säkert bra, men vänta inte för länge bara. -Nej nu gör vi oss i ordning för festen, jag ska hjälpa till att duka.

-Jag följer med och hjälper till!

Våra gäster har inte kommit tillbaka ännu och jag tror att jag såg dem på långt håll längst borta på odlingen. Jag gick in i storstugan och hjälpte till efter instruktioner av Gun som var den som höll i planeringen denna gång. Som förra gången fanns det ett överflöd av mat, mest grönsaker och frukt. Det fanns lite fårkött också som var gjort som rostbiff och varm potatisgratäng till. Tydligen hade de gjort en ny omgång av mjödet eller ölen kan man kalla det, starkt var det i alla fall.

Människorna från byn började droppa in och stod vid väggarna och väntade tills de fick tillåtelse att sätta sig vid bord. Mohammed och Aida kom in och jag lade märke till att Aida inte längre hade någon slöja på sig och hon såg inte besvärad ut. Kanske hon hade den på sig tidigare för att inte göra de andra kvinnorna upprörda. Men, det hade inte spelat någon roll här då faktiskt många kvinnor här har på sig sjalett, speciellt i arbetet på odlingarna.

Mina gäster kom tillbaka och vi ställde oss vid dörren och väntade.

-Varsågoda och sitt ner vid bordet! Säger Gun och pekar på bordet.

Alla började röra sig och tog en plats vid bordet. Jag och mina gäster satte oss vid ena kortsidan och började ta av de olika rätterna. Allihop av mina gäster var mäkta imponerade av de olika grönsakerna och övrigt som fanns på bordet. En av byborna gick omkring med en kanna och bjöd på den hemmagjorda ölen och alla av mina gäster tog lite och smakade. De smackade med tungan efter de testat och de tyckte det faktiskt var gott och starkt. De försökte smaka på alla sorterna de såg, men allt fick inte plats på tallriken.

-Visst är det gott. Blir ni inte extra sugna att leva så här nyttigt och det enda man behöver göra är att hjälpa till på odlingarna någon timma per dag. Det växer så det knakar här ute.

-Jo vi såg det när vi var och tittade på deras odlingar. Jag tror inte jag någon gång sett en så välvårdad odling och dessutom kunde jag inte se några som helst angrepp av skadeinsekter. Det är väldigt ovanligt. Normalt är det ca tjugo procent som brukar var angripna av skadeinsekter. Jag var också imponerad över kvalitén på djuren, speciellt fåren var välgödda och pigga. Dessutom fanns ingen rädsla hos dem. Jag förstår att barnen gärna är där och kelar med fåren och lammen. Det är fantastiskt att kor, hästar och får har kunnat vara så lika våra djur. Evolutionen har inte förändrat dem som jag kunde se. Det är lite konstigt och ovanligt när det passerat så många år eller århundraden. Avslutningsvis är det verkligen ett paradis och allt man behöver finns här, det är fantastiskt med ett ord. Säger Kent engagerat.

De andra bara nickade bifall till vad han hade sagt. Det här hade gjort stort intryck på dem. Jag skulle bli bra förvånad om de inte vill emigrera hit. Efter en stund märktes att alkoholen i ölen började ge en viss effekt. Volymen och sorlet blev högre och mycket skratt hördes i salen. Det var en glädjes dag.

Precis som förra gången gick några upp på scenen och gjorde iordning sina instrument och satte fram några stolar. Men, först kom Gun upp på scenen och började prata;

-Ni alla är välkommen till vår fest ikväll och jag vill rikta ett speciellt välkomnande till de gäster som kom idag och jag hoppas att ni har trivts här under dagen. Jag vill bara säga att om ni vill flytta hit så är ni mycket välkomna, det är naturligtvis roligt med en inflyttning. Och då vill jag återigen tacka Mohammed och Aila och deras barn välkommen till er första fest, men garanterat inte den sista fest med oss. Ni har acklimatiserat er fantastiskt fort och jag har sett att era barn är lyckliga, jo jag har också sett att ni själva har varit lyckliga sedan ni kommit hit och jag har märkt ett lugn hos er som inte fanns när ni kom. Det har också visat sig att ni hade mycket att bidra med era kunskaper om odlingar i varmt klimat. Jag vill därmed önska alla er som är här och, SKÅL!

Alla höjde sin mugg och skålade för Gun och sedan applåderade alla.

-Nu ska vi få lite underhållning av invånare som har en fantastisk förmåga att framföra musik.

Återigen blev det höga applåder! Musikerna gick fram till stolarna och rättade till instrumenten och började spela. Det var faktiskt mer modernt än förra gången då det var mer av folkmusik. Man kunde nästan säga att det liknade mer proggmusik med häftiga texter om storbolag och deras girighet att tjäna pengar på andras arbete och om hur världen förkastar alla sådana tendenser i vårt samhälle. Det var som man kom tillbaka till sjuttiotalets progg som jag alltid tyckt om. Jag tänkte att jag borde köpa in några akustiska instrument och dela ut i byarna. Kultur förenar folk mycket och gemenskapen blir större och framför allt trevligare. Jag är övertygad om jag skulle ha med mig något instrument så kommer de att kunna göra egna med dessa som förebilder. Jag lade dessa tankar på min lista ”att göra”.

Jag satt och tittade på byborna och hur glada och avspända de var och jag såg att barnen var borta vid scenen och dansade till musiken. När jag tittade runt i lokalen såg jag att det hade kommit upp tavlor på väggarna som inte fanns när jag var här sist. Jag reste mig upp och gick och tittade lite närmare, det var målningar från kusten och ättlingarnas by och detaljerna var fantastiska och mycket riktigt det stod Mia i nedre högra hörnet. Hon hade verkligen använt gåvorna jag hade med mig till henne. Det måste ha varit Tore som har haft med sig dem hit som en gåva från deras by. Jag gick och hämtade mina gäster och bad dem följa med mig för att studera tavlorna. Jag förklarade vad Mia hade hjälpt till med kartorna och de dukar, färger och pennor jag hade gett henne. Jag förklarade om ättlingarna och visade byn de bodde i vid kusten, inte så långt ifrån där Luleå legat en gång. De blev helt klart imponerade av hennes konstnärliga förmåga och så detaljerad så det är nästan som ett foto av platsen. Stina sa att det skulle vara kul att besöka dem någon gång. Jag förklarade att de är lika gästvänliga som folket är här och de välkomnar alla som kommer.

Festen pågick till sent på kvällen och det hade varit mörkt ett par timmar. Snart skulle solen gå upp igen. Ola kom förbi och talade om var alla kunde sova och bad mig och Wolf sova i vårt vanliga gästrum. Jag tackade och sa att jag skulle dra mig tillbaka och vila några timmar, vi ska ju gå tillbaka hem igen under dagen som kommer. De andra sa att de ville vara kvar en stund till och prata med byborna.

Som vanligt i den här världen somnade jag som ett skott när jag kom till rummet och lade mig på sängen!

HEMMÅT IGEN

Jag vaknade fram på förmiddagen och det var tyst i huset. Till Wolf tänkte jag om vi skulle gå ut och ta en promenad i grannskapet och det ville han gärna. Jag tog på mig kläderna och gick tyst ut och stängde dörren efter oss. Jag gick bort mot hästhagen för jag hade sett på långt håll att Hero var där i hagen. Jag ropade på honom och han kom i en väldig fart mot mig och stannade nästan glidande mot mig. Jag pratade och klappade honom och man kunde riktigt se att han var glad att se mig. Jag öppnade grinden och släppte ut honom och stängde grinden igen. Jag gick fram till Hero och tog tag i manen och svingade mig upp och började rida barbacka. Jag tänkte till Wolf "förste till skogen" och satte igång att rida i galopp. Wolf sprang som en blixt och var mycket snabbare än mig och hästen. Han satt och väntade på mig när jag kom fram, jag var säker på att jag såg ett triumferande leende i hans ansikte!

Vi red en bit inne i skogen och Wolf sprang före då han fått upp ett spår på något byte. Han var borta en stund och när han kom tillbaka slickade han sig om munnen.

-Du är en skicklig jägare, och snabb också.

-Det är inte så svårt när man gjort detta under hela sitt liv. Det är mitt sätt att leva.

Vi red runt byn och det kändes skönt att känna de rena luften i lungorna. Jag har märkt att varje gång jag är i den här tiden mår jag riktigt bra och känner inte av några krämpor eller sendrag på nätterna.

Jag känner mig både friskare och starkare. Det är en stor skillnad när luften är ren och man andas inte in gifter. Till och med att jag inte rökt sen jag kom hit och jag har inte känt något sug efter en cigarett. Vi kom tillbaka utanför storstugan och det var full aktivitet med att plocka bort och diska gårdagens tallrikar och muggar. När jag frågade om jag kunde göra något sa de att det inte behövdes, men de hade förberett frukost för mig och mina gäster inne i storstugan. Efter en stund kom de och det syntes att de inte sovit så länge. Karin sade;

-Tack för att du tog oss hit, vi alla tyckte att det var trevligt och välkomnande här i byn och man vill väldigt gärna komma tillbaka. Här kan verkligen mina barn trivas och det var så fina barn jag pratade med igår. De var väldigt kunniga och kanske lite lillgamla, kanske det beror på att deras ord väger lika tungt som de andra vuxna. De känner att de också har ett ansvar i byn. Maten igår var helt fantastisk och jag kanske drack en mugg för mycket, jag var lite ostadig när jag gick till stugan jag fick sova i. Jag pratade också mycket med Aida och hon berättade sin historia och hon var så tacksam för att du hjälpt dem till ett anständigt liv. Jag är säker på att vi ska bli mycket goda vänner.

-Tack, det värmer. Jag har tidigare känt dem och de har alltid varit hjälpsamma och tacksamma för att de kommit från krig och elände.

-Nu äter vi frukost och sedan har vi en bit att gå för att komma tillbaka till vår tid igen.

Alla åt friskt av det som hade dukats fram och det var som vanligt både nyttigt och gott. När vi hade ätit färdigt hämtade de sina ryggsäckar och vi träffades utanför storstugan och tackade Gun och Olof för gårdagen och sa att vi ses snart igen.

Vi började gå och jag ledde Hero till hagen och sa att han fick vara kvar här och att jag kommer tillbaka. Vi gick vidare nedför sluttningen till bäcken och promenerade över bron till andra sidan. Vi gick på stigen och kom så småningom fram till ängen med fruktträden och de kunde gå runt en stund och titta och smaka på några frukter. Kent sade;

-Detta är ju helt fantastiskt, många av de här sorterna skulle egentligen inte klara en sådan här värme hos oss, de har verkligen anpassat sig till denna här miljön. Många av frukten har jag ingen aning vad de heter eller vilken sort det är. Men, de smakar fantastiskt gott i alla fall. De har verkligen skött om fruktträdgården och sett till att de har lagom avstånd från varandra men ändå skuggar vissa sorter för allt för mycket sol. Efter de hade tittat ordentligt gick vi in till skogen på vänster sida fram till markeringarna till portalen. Här ska vi gå alldeles innanför staketet och mot mitten och där kommer man igenom portalen tillbaka till vår tid.

Vi gick in och kom inuti garaget som var någorlunda varmt och jag sa till dem att byta om till de varmare kläderna igen, annars skulle de garanterat frysa häcken av sig. Jag hörde ett fordon utanför och Karl var där med bilen. Han hade kört direkt hit från stugan där han lämnat av oss och skulle möta oss här, bara några minuter efter vi gick in i portalen.

Jag samlade ihop alla och förklarade hur länge vi har varit borta från den här tiden och de skakade på huvudet och trodde inte på mig.

-Det är bara ni ringer hem och säger att ni är klara här så får ni se vad de säger. Jag fattar inte hur det fungerar, men man kommer alltid tillbaka till samma tid man gått in, oavsett hur länge man varit där. Jag har slutat försöka fatta det och bara accepterat att det bara är så.

-Om vi nu sammanfattar vad ni varit med om, vad säger ni?

-Det var det finaste jag varit med om i mitt liv. Jag kunde aldrig tro att jag skulle få vara med om en natur som är både ren och outnyttjad och inte förstörd. Jag erkänner att jag hade gett upp efter USA:s agerande av Parisavtalet och nu det som var senast. Det känns som det är gott åt dem det som kommer att hända enligt vad du berättade. Men, många oskyldiga människor får lida för det politiska ledningens dumheter. Jo, jag vill komma hit snarast och jag är säker på att familjen också vill det. Sade Lars

-Jag har ju redan sagt när vi var i byn att jag absolut vill komma hit. Jag har en väninna som jag litar på till hundra procent som också är ensamstående mamma med ett barn och jag skulle vilja få tillåtelse att erbjuda henne att komma hit om du vill. Hon kommer inte att prata bredvid mun, det är jag säker på. Sade Karin frågande

-Jag tycker som de andra och jag är lika säker på att min sambo och vårt tonårsbarn vill komma. Trots att vårt barn är i tonåren är han mycket klok och aktiv inom miljörörelsen precis som övriga familjen. Han har aldrig viljan att ha elektroniska prylar och det senaste som många andra ungdomar vill. Han är mycket för att vara ute i skogen och campa och undersöka växter och naturen i sin helhet. Han skulle stormtrivas där. Sade Stina

-Ja! Vad ska jag säga förutom att jag håller helt med de tidigare talarna. Jag är också helt klart intresserad och vill komma så fort som möjligt och lämna nuvarande liv och aldrig komma tillbaka. Min sambo vill säkert det också. Det svåra för oss är att Stinas mamma har nästan inget umgänge och hon skulle flytta var som helst bara hon skulle få vara nära sin dotter och hon hoppas på att vi också får barn så att hon kan bli mormor. Hon är inte så gammal, bara femtio år och pigg men hennes man, Stinas far, dog för ett par år sedan och hennes sorg är stor och därför tyr sig till dottern. Hon är också mycket kritisk till hur företagen fått förstöra världen och hon har alltid varit på vänsterkanten och kallar sig socialist. Det liv vi såg att människorna levde i byn är så nära socialism som jag kan tänka mig. Sade Per

-Det finns ingen tvekan från min sida och så bra känner jag min fru att hon skulle fullständigt lita på mitt omdöme och vi har två små barn som om vi inte flyttar får uppleva sönderfallet och inte få en chans att uppleva ett sorgfritt liv. Sade Kent slutligen.

-Tack för era synpunkter. Som ni förstår bestämmer inte jag något i den andra tiden, men jag har tagit på mig och blivit uppmanad att hjälpa till att få en inflyttning snart. Jag har egentligen bara en uppgift att hjälpa människor som vill emigrera och se till att de får en bra start. Både Olof och Tore från den andra byn säger att de har fullt förtroende att jag väljer vilka jag tror skulle passa in och klara sig i den tiden.

-Så ja, ni får ta med er de ni tror kan tänka sig att emigrera och att ni bara som jag är försiktiga så att det inte blir allmänt känt hos sådana som bara är ute för att skada för alla. Det är klart om man tror att era övriga familjemedlemmar kommer klara en sådan omställning och att ni är helt säkra på att de skulle vara positiva så ska ni naturligtvis ta med dem också. Jag måste också lita på ert förstånd när det gäller att erbjuda fler att komma med. Egentligen var det hela min mening med mitt inlägg i forumet att kunna få kontakt med människor som skulle uppskatta en sådan värld. Så ett tips är visa mitt inlägg i forumet och se reaktionerna. Min erfarenhet att man får snabbt en ganska bra bild av personernas karaktärer utifrån de synpunkter som de för fram, och det är jag säker på att de gör när det läser sådant inlägg som låter som fiction.

Jag är också säker på att det finns fler personer som skrivit till mig med anledning av inlägget är bra kandidater, jag ska fortsätta att bearbeta dem.

Ni förstår att eftersom det är definitivt ni flyttar så måste ni diskret göra er av med lägenheter, hus, bil, möbler mm. Annars skulle det bli misstänkt efter en stund och ni kanske av misstag lämnat efter er ledtrådar som inte skulle vara så bra. Det är ingen idé att få massa pengar för de är helt värdelösa i den tiden. Tack o lov! Kanske sätta in i en fond för någon släkting som ni inte tror skulle vilja flytta och som när konsekvenserna börjar riktigt på allvar och då kanske pengar räcker ett tag. Eventuellt att ge tips att om jorden kollapsar söka sig så långt norrut som möjligt.

Jag räknar med att ni skriver ett mejl till mig när ni vet att det är dags och när ni kan komma, till exempelvis Luleå den här gången. Kom bara ihåg att jag har märkt att portalerna har minskat något och jag har ingen aning hur fort det kan gå eller om det bara var tillfälligt just nu. Jag kan i alla fall inte ge garantier hur länge de finns.

-Ni kommer nu att få skjuts igen och denna gång till Luleå och även om ni kan få reda på var vi är nu så vet ni inte exakt var vi är och det måste jag hålla hemligt och det ber jag om ursäkt för. Ni vet att jag litar på er alla, men ingen kan tvinga ur er platsen då ni inte vet. Är det ok?

-Ja! Nickade alla.

-Var så goda att gå in i bilen.

Karl hade ställt bilen på sidan så de inte såg rakt fram och hade dörren öppen till passagerarsidan. De gick in och satte sig och jag stängde dörren till garaget och steg in i längst fram på passagerarsidan. Efter vi hade åkt en bit utanför Pajala sa jag att de kunde ringa hem om de ville. Några gjorde det och jag hörde att de pratade med någon. Efter ett tag när ingen pratade frågade jag hur det gick. Alla som hade ringt sa att deras respektive undrade varför de redan ringde. Så de fick kvitto direkt på att det inte hade gått lång stund i den här världen.

När vi kom fram till Luleå körde vi till järnvägsstationen och de fick biljetter från mig för att komma hem till deras respektive ställen. Det stod på biljetten vilka byten de skulle göra och alla tider och tågnummer. Det var nästan tre timmar innan tåget skulle gå och vi gick till restaurangen och åt mat under tiden. När det var en och en halv timma kvar tackade vi dem och sa att vi skulle åka hem innan det blir alltför sent. Alla tog i hand och lovade höra av sig så snabbt de kunde och hur många de skulle bli. Vi sa hej och satte oss i bilen och åkte hem. I bilen berättade jag för Karl om hur det hade gått och hur personerna fungerade när vi var i den andra tiden och hur positiva alla var och att de kommer att flytta så snart de kan.

När vi kom hem igen hade jag blivit riktigt trött och pratade med Ida en stund innan vi gick och lade oss. För vår egen skull är det inte långt borta att vi också kan planera att flytta. Det var bara två veckor kvar innan Ida slutar på jobbet.

DE NYA EMIGRANTERNA

Det hade gått nästan två veckor efter vi hade kommit tillbaka från Luleå och vi hade fått svar från alla fem om hur det gick.

Från Karin kom en bekräftelse på att hon och hennes två barn som heter Peter och Mari samt hennes väninna som heter Elsa och sitt barn som heter Johan vill komma så fort det någonsin går. Skulle återkomma när de tidigaste kan komma.

Från Per kom också en bekräftelse att köra enligt planen och att hans svärmor absolut krävde att få följa med. Hon heter Ruth. Och Pers fru heter Anita.

Kent skrev att det också var bra och att han höll på att sälja sitt hus. Hans fru heter Ann och barnen heter Maja och Hildur.

Stina skrev att hon inte hade ångrat sig och att hennes man Fredrik är lyrisk över det som väntade samt deras barn som heter Axel. De hade också pratat många gånger med en vän till familjen som också skulle vilja följa med. Hon heter Elisabeth och är singel med ett misslyckat äktenskap bakom sig, inga barn.

Den sista som skrev var Lars och inte heller han hade ångrat sig och ville iväg så snart som möjligt hans fru heter Greta och barnet heter Helga.

Det blir fem familjer, en mamma, en kvinna med barn, en kvinna utan barn. Det är totalt 19 stycken personer inklusive barnen.

Ska prata med Ola om det är möjligt att ha fem hus och kanske tre lägenheter i ett hus eller om de tre kvinnorna delar på ett hus. Får se vad han säger. Jag tog på mig kläder och körde ner till garaget. Jag startade sändaren och anropade Ola.

-Hej det är Ola som pratar.

-Hej det är Bertil som kallade på dig. Är det möjligt att ta emot sammanlagt nitton stycken inklusive barnen. Det är fem familjer och en av familjers mamma som kommer med. Det är också en ensam kvinna och en kvinna med ett barn, ingen man. Det är alltså fem hus och antingen att de tre kvinnorna och ett barn som delar på ett hus eller alternativt att man delar av ett hus till tre lägenheter. Du bestämmer. Är det möjligt att det kommer så många?

-Vi kan fixa det. Om vi inte hinner med allt så kommer vi fixa det tillsammans när de kommer. Alla kommer att få en sovplats.

-Jag kan komma förbi en dag med mycket bra sågar för att såga ner träd till kommande timmer. Är det ok?

-Det kan vara bra, då går allt fortare.

-Då kommer jag förbi om någon dag! ”Klart slut”

Jag åkte hem igen och jag tänkte fråga Ida om hon ville följa med till vårt kommande hem. Maten var klar när jag kom och under tiden vi åt berättade jag hur många som skulle komma och emigrera och att jag måste gå några timmar imorgon och leverera några bågsågar till Ola.

-Den här gången vill jag att du följer med och bekantar dig med klimatet och naturen, du kommer att älska det.

-Självklart, nu när jag inte behöver arbeta så kommer jag med. Jag har sett fram emot det.

-Då säger vi det, vi kan fara på förmiddagen så hinner vi ner till byn på några timmar.

Vi gjorde iordning lite fika och smörgåsar och packade ner i min ryggsäck, kaffepannan var redan i och det fanns kokkaffe i påsen. Vi körde till stugan och parkerade bilen vid sidan. Vi gick in i stugan.

-Du går först så kommer jag alldeles bakom dig.

Ida gick in och försvann och jag gick direkt efter.

-Ojdå! Det var varmt här. Men vad rent och klar luften är. Det är vackert här.

Jag plockade ut lättare kläder som vi lagt i min ryggsäck och vi bytte om till mycket tunnare kläder och jag gjorde iordning en av golfbilarna samt lastade på några bågsågar bakom sätet och Ida satte sig bredvid på passagerarsidan. Jag körde lugnt så att Ida kunde se sig omkring och jag stannade på ett ställe där jag såg några ananasväxter och skar av en och gav till Ida.

-Det kan bli gott som efterrätt när vi stannar och fikar.

-Oj, så fin och tung den är.

Jag fortsatte att köra längs efter åsen ner mot utgångsportalen och visade Ida var man gick igenom för att komma tillbaka till vår tid. Jag fortsatte att köra till fruktodlingen och stannade strax utanför och Ida gick av och tittade på de olika frukträderna.

-Vilka fina frukter, inga angrepp och fantastiska färger. Alla ser så fräscha ut. Är det här som byborna hämtar sin frukt?

-Jo, byn är inte så långt härifrån, men jag tänkte vi kunde fika innan vi fortsätter.

Jag packade upp termosen och smörgåsarna och hällde upp en kopp kaffe med lite mjölk i och räckte över den till Ida.

-Tack, det ska bli gott att fika på en sådan fin plats.

-Hur känns det? Är det för varmt tycker du.

-Nej det är perfekt och skönt. Är det alltid så här varmt och gott.

-Hittills har det varit samma temperatur alla gånger jag varit här. Det är perfekta förhållande hela tiden och det regnar bara på natten. Jag vet faktiskt inte om det är olika årstider, men jag tror faktiskt att det inte är det.

Vi satt ganska länge och jag berättade om första gången jag var med byborna och när Ola varnade mig för att gå bort mot den andra portalen och att jag då fick ett hopp om att kunna komma tillbaka till vår tid igen. Efter fikat var uppäten satta vi oss i bilen igen och körde tillbaka en bit och körde försiktigt ner i ravinen och förklarade att vi nu var mitt i gamla Torneälven och det bara är den lilla bäcken kvar, men att det fanns gott om fisk i den. Jag fortsatte att köra fram där ravinens kant blev lite högre och pekade uppåt;

-Där var den gamla Autiobron tidigare och du ser att det är som en ås där vägen varit. Det finns inga andra spår av brofästet så det måste gott många år sidan det var vår tid. Det är säkert hundratals år sedan, kanske mycket längre. Jag steg av bilen och frågade om Ida ville bada och det ville hon gärna. Vi tog av oss kläderna och gick i vattnet.

-O vad skönt och varmt vatten, jag förstår att du trivs här. Det är klart att vi ska flytta hit och bli gamla här. Det här klimatet är bra för våra gamla kroppar, he he!

-Jag badar varje gång jag är här och om jag är ensam badar jag näck, annars badar jag med kalsongerna på. Kläderna torkar fort i värmen här.

När vi suttit en stund och torkat tog vi på oss kläderna och åkte vidare. Jag vände tillbaka och åkte i ravinen fram till byns bro över bäcken och körde upp till byn.

När vi stannade utanför storstugan kom Ola och mötte oss.

-Hej Ola, det här min fru Ida!

-Välkommen hit. Det är roligt att vi äntligen får träffas.

-Tack, det är väldigt fint här

Jag plockade ut sågarna och överräckte till Ola. Och han tog emot dem och synade de vassa spetsarna och nickade tillfredsställt över hur det kändes.

-Vi kan åka iväg och fälla ett par träd och känna hur det går med sågarna.

-Det kan vi göra.

Då kom Gun ut och sa;

-Hej! Mitt namn är Gun, Olas fru och jag hörde att du hette Ida. Jag tycker du kan komma in till mig under tiden de åker och sågar.

-Javisst det blir trevligt.

Vi lade tillbaka ett par sågar på bilen och Ola och jag åkte bort mot skogen och Ola visade hur jag skulle köra där det fanns fina raka träd. När vi kom fram valde Ola ut ett träd som han började såga av. De nya sågarna åt sig in i trädet med lätthet och det tog inte lång stund innan det föll till marken med ett brak. Jag tog tag i sågen och gick en bit bort till ytterligare ett rakt träd och sågade ner det också. Det gick så lätt att vi fortsatte och vi slutade när vi hade fält ett tjugotal timmer. Jag tog min huggare ut från ryggsäcken och kvistade de få grenar som fanns.

-Det blir bra, jag ska be några av männen att ta några hästar och dra dem till byn så att vi kan dela timret på mitten.

Vi åkte tillbaka till torget och Ola pratade med några av männen och de nickade och gick bort och hämtade några hästar och rep. Det tog inte lång stund innan de kom tillbaka med tre timmer per häst och vände om och hämtade en ny last. När de hämtat alla tog de ett antal vassa stora stenbitar och knackade ner längst efter stammen och när nästan hela stenarna begravts i trät sprack timret i två raka fina delar. De fortsatte ett par timmar och upprepade samma sak med de andra timren och till slut låg nästan femtio timmerstockar som var delade. Olof berättade att det skulle räcka till två timmerhus. Han delade ut sågarna till männen och de sa att de kunde fortsätta imorgon och såga ner fler från en annan del av skogen.

-Jag har berättat för byborna om att det kommer ytterligare nitton individer för att bosätta sig här och de är väldigt glada och vill bygga nya stugor så snart som möjligt. Och nu kan de sätta igång. De ska försöka göra en stuga och dela av i tre separata lägenheter. De har också samlat ihop lera som kan brännas så de kan bygga skorstenar.

När vi gick in till Olas hus satt Gun och Ida och fikade och åt nybakade bullar.

-Jag frågade Ida om ni kunde stanna kvar i natt och inte åka med en gång. I så fall kan vi ta en promenad och hälsa på byborna och titta på odlingarna och våra blomsteruppsättningar.

-För min del går det bra. Vi förlorar inte någon tid när man kommer tillbaka till vår verklighet.

Ida och Gun gick en sväng efter de hade fikat färdigt och jag sa till Ola att jag skulle hälsa på Hero och kanske motionera honom en stund. Jag och Wolf gick bort till hagen och jag ropade på Hero som kom snabbt. Jag tog en tjock filt som låg i en låda och släppte ut Hero och satte fast filten på honom. Jag svingade upp på honom och red iväg mot det hållet som Gun och Ida gått. Jag red upp jämsides med dem och sa att jag skulle motionera min häst.

-Jaha, det är den hästen du pratat så mycket om, den är mycket vacker. Men jag kommer aldrig rida på den, jag har provat en gång att rida och sadeln satt alldeles lös så det kommer jag aldrig göra igen.

Gun skrattade åt Idas kommentar och de gick vidare.

-Jag ska motionera hästen och Wolf en stund, jag kommer snart tillbaka.

-Ska det bli skönt att ta en tur, Wolf?

-Ja, det ska bli bra att få sträcka ut ordentligt, det har inte varit så mycket på ett tag.

Som tidigare tog jag sikte på skogen men lite mer åt det hållet där fåren höll till och red en bit in i skogen och undersökte lite längre bort än var jag varit tidigare. Vi kom ut på andra sidan skogen och det var en stor öppning med gräs och alldeles utanför där vi kom ut var det en hel hjord av hästar som betade av gräset. När de såg oss var det en häst som kom emot oss, det var säkert ledaren. Hästen kom ända fram till oss och hälsade på Hero och var inte rädd eller nervös. Kanske Hero har kommit från den här hjorden tänkte jag. Vi får se om han vill vara kvar här, men när den andra hästen gick tillbaka gjorde Hero ingen ansats att flytta sig. Vi svängde till vänster och red ut på gräset och ökade farten ordentligt och som tidigare hade inte Wolf några problem att hinna med. Vi red vid kanten av skogen som rundade lite mer åt vänster så att vi var söderut om byn räknade jag ut. Jag svängde av och red mot byn och kom ut alldeles bortanför odlingarna. Sista biten tog vi det lugnt och det märktes att Hero hade blivit lite andfådd. När vi kom tillbaka till hagen rev jag av lite gräs och torkade av honom samtidigt som jag lade tillbaka filten där den legat.

Efter Hero gått in i hagen och jag stängt grinden promenerade jag till huset längs bort mot bäcken och gick mellan husen fram till torget, på vägen stannade jag flera gånger och pratade med barnen och de vuxna vi träffade och de var alla glada att det skulle komma nya invånare. När vi kom fram till Olas stuga gick vi in och då satt alla vid bordet. Gun pekade på stolarna.

-Du kom precis till maten, varsågod och sitt ner.

Ida hade redan börjat ta av grönsakerna som var framdukade och kommenterade de olika sorterna som vi aldrig sett förut. Vi tog för oss alla och även Wolf hade fått skålar med kött och vatten. Ida åt med god aptit.

-Det här var himmelskt gott, jag tror inte jag smakat så många olika goda grönsaker förut.

Vi åt och pratade länge ända tills det var mörkt ute. Ida och Gun kom bra överens och samtalen flöt på bra. Jag hade varit lite orolig om Ida skulle trivas i den här världen så att jag hade varit tvungen att stanna kvar i vår tid. Men, det märktes att hon trivdes i sällskapet och den mat som finns här. Ida hade tidigare varit vegetarian innan vi träffades men tyckte att det blev besvärligt när hon alltid måste påminna när vi var på restaurang och det fanns aldrig så stort utbud. Här är det inga svårigheter och det finns så många olika sorter man kan variera mellan. Jag har inte bestämt var jag tyckte vi skulle bo. Antingen här i byn eller på en egen plats vi kan välja ut i området. Men, det får vi bestämma senare.

När vi tackat för maten och sällskapet tog vi in våra saker i gäst-rummen som vi igen erbjöds att övernatta i. Sängen var så bred så vi fick gott om plats, med ändå en närhet till varandra. Vi sa godnatt och Ida somnade faktiskt före mig fast jag också somnade snabbt.

När vi vaknade hade Gun och Ola redan gjort iordning frukost och kokat färska ägg och riktig komjölk. Det kändes som jag hade en stor skuld att betala då de varit så frikostiga mot oss varje gång vi kommit. Men jag vet att de aldrig skulle gå med sådant i det här samhället. ”Till var och en efter behov, Av var och en efter förmåga!

Efter frukosten tackade vi för oss och packade in våra saker i bilen och sa på återseende. Jag körde den vanliga vägen men svängde inte upp direkt på åsen utan följde bäcken ända fram till där jag körde över isen första gången jag åkte med snöskotern till Hosiojärvi. Man kunde ju inte se att det funnits en by där men man kan ana typografin och en ås som varit vägen till Kiruna. Jag svängde upp till höger och åkte genom skogen och kom fram till åsen som hade varit vägen till Käymäjärvi, jag körde tvärs över och kom fram till portalen vi hade kommit in. Ida hade känt igen sig eftersom hon har varit med till jaktkojan i Hosiojärvi för några år sedan.

Sedan svängde jag tillbaka för att komma till utgångsportalen igen. När vi kom fram ställde jag bilen en bit inne i skogen, men ändå så att solen kom åt att ladda batteriet. Vi gick tillbaka och gick igenom portalen och kom in i garaget som var ganska svalt. Vi bytte om till varma kläder och ringde till Karl om han kunde hämta oss, det kunde han.

När han skjutsat hem oss och kom in i huset såg Ida att vi bara hade varit borta lite drygt en halvtimma. Det är något som man aldrig vänjer sig vid. Undrar hur kroppen reagerar att tiderna skiftar så mycket fram och tillbaka. Jag vet så mycket att jag känner mig mycket friskare i den andra tiden.

Jag startade datorn och kollade anonyma mejlprogrammet och jag hade fått meddelande från Karin och Per som kan komma när som helst. Jag skrev till dem och frågade om de kunde komma till Luleå under morgondagen eller om de behövde mer tid. Jag påminde om att det inte kan ha med sig allt för mycket saker. Det skulle bli åtta stycken passagerare och det skulle kunna räcka med minibussens passagerar-platser bak. Jag fick svar från båda inom en timma och både Per och Karin hade beställt tågbiljetter och skulle anlända klockan fyra på eftermiddagen. Jag svarade att det kommer att bli bra, vi kommer och möter. Jag kontaktade Karl om han kunde följa med imorgon, men om han andra planer så skulle jag behöva bussen. Han sade att han följer med (jag vet att han gillar att köra då han tog körkortet ganska sent i hans ålder).

Dagen efter åkte vi från Pajala vid tolvtiden och räknade med att komma fram strax innan fyra eftersom vi brukar äta lunch på Nilles på vägen ner. Det var inte så mycket trafik och det hade inte snöat på ett tag, det känns som våren var på väg. Vi kom till järnvägsstationen kvart i fyra och fick då vänta bara en stund och tåget var faktiskt i rätt tid vilket var lite ovanligt då SJ har haft strul flera vintrar i rad då de under många år dragit ner på anställda och underhållet.

När tåget stannade kom Karin först ut med två barn och sedan kom som jag förstod hennes väninna med ett barn. Från den andra utgången från vagnen kom Per och en något äldre kvinna samt en yngre kvinna och de hade ett par resväskor per styck. Jag och Karl hjälpte dem med väskorna och visade var bussen var och öppnade luckan längst bak och lade väskorna ovanpå varandra. Det var endast en väska som inte fick plats och som de kunde ställa framför barnen som inte behövde så stort benutrymme. Jag hälsade alla välkomna och presenterade mig och sade att jag var glad att det blev verklighet så snart. Jag lovar att ni aldrig kommer att ångra er. Människor har förr också emigrerat tidigare i Sveriges historia till exempel nästan en miljon till Amerika. Jag frågade dem om de var hungriga, men det hade ätit i restaurangvagnen för en timma sedan.

Alla satte sig och jag påminde om säkerhetsbälten. Och så körde vi nästan direkt till Pajala förutom en kort paus med kaffe och fika och dricka till barnen. Vi kom fram till Pajala ungefär vid åttatiden och det började så smått att skymma, snart är det inte länge innan midnattssolen kommer. Vi körde direkt till stugan och lastade av alla väskor från bilen och lade dem på kärran som jag hade förberett inne i stugan och golfbilen stod med fronten nästan inne i portalen. Jag bad dem kolla att allt har kommet med och att de kunde sätta sig på flaket på båda sidorna och jag sa att de inte skulle vara rädd för hunden som skulle med oss och Wolf hoppade upp försiktigt längst bak på flaket så han inte hamnade allt för nära barnen och de som aldrig varit här.

-Jaha, då åker vi och jag hoppas att ingen ångrat sig och alla skakade på huvudena. Jag vred om nyckeln och körde sakta in genom portalen och stannade när vi kommit tillräckligt långt in så att både bil och släp hade kommit igenom.

Speciellt de som inte varit här förut blev förvånade trots att de hade hört hur det är här, nu fick de bokstavligt känna det på bara huden. De bara stod där och några började ta av sig de varma jackorna och redan såg jag att de fått svettdroppar i ansiktet. Jag visade var de kunde byta om i förrådet och de tog med sig varsin resväska och bytte om till kortbyxor och linne. När de var färdiga lade de tillbaka väskorna bak på kärran och klättrade upp igen och satte sig tillrätta. Jag fortsatte färden mot ravinen och stannade först vid det nedfällda trädet som redan använts som läger flera gånger nu.

-Här brukar vi stanna på vägen och ta ett bad i bäcken innan vi fortsätter.

Och de vuxna såg till att barnen så säkert som möjligt kunde doppa sig utan att fara iväg med den svaga strömmen. Nu blev det ett glatt gäng som skrattade och skvätte vatten på varandra och de njöt i hela kroppen av det svala men ändå varma vattnet. Vi satt under trädet en bra stund och man torkade snabbt i värmen. Det började snart bli skymning och jag sade att det är dags att åka innan det blir mörkt. Efter att alla kommit upp på släpet igen körde vi vidare och över bron vid byns badplats och körde in i byn. När vi kom fram kom bybor fram och hälsade och hjälpte till med resväskorna och presenterade sig för varandra och välkomnades av alla. Det var ganska mycket känslor hos de nyanlända när de kände bybornas glädje och hjälpsamhet. Efter en stund när man visste vilka vuxna och barn som hörde ihop tog några hand om dem och visade vilken stuga de skulle bo i. På den här korta tiden hade de byggt upp sex stugor varav en hade delats upp till tre separata lägenheter. De lämnades att packa upp sina saker och de ombedes att komma till storstugan efter de var klara. Återigen hade de tagit fram och gjort iordning mat som låg upplagda på det långa bordet mitt i rummet. Redan nu hade en del av barnen träffat andra barn och lekte med varandra. Det hade blivit en ganska stor ökning av barn i byn, vilket också var meningen för framtiden. Jag själv var trött efter bilturen fram och tillbaka till Luleå så jag gick ifrån middagen till Olas hus och gick och lade mig i gästrummet.

BYN VÄXER

Jag sa adjö till de nyanlända och önskade dem lycka till med sitt nya liv. Sedan åkte jag hem igen. När jag kom fram till portalen körde jag in bilen och släpet och Wolf kom också in samtidigt. Jag öppnade dörren till garaget och körde ut och stängde igen garaget igen. Jag körde efter vägen till stugan och enligt batterimätaren var batteriet fulladdat, som tur var hade de inte snöat så det var lätt att köra. Jag körde in bilen och släpet in i stugan och ringde Karl om han kunde komma förbi, han var lite upptagen men pratade med Ida som sade att hon kommer om en liten stund. När vi kom hem och jag kollade mejlen fick jag besked om att de övriga var också klara för att komma. Kents familj var fyra stycken. Stina kommer med sin familj på tre personer och en vän Elin som hade ett barn Johan. Lars och hans hustru Greta samt deras barn Helga samt att de har med sig en familj till Fredrik och Johanna samt två barn Krister och Frida. Sexton stycken inklusive barnen. Vi måste då åka med en extra bil för att de ska få plats. Jag skrev till dem att de skulle åka till Gällivare och meddela mig vilken tid de ankommer. Eftersom jag skrev till alla tre så kan de planera resan tillsammans så att de kommer med samma tåg. De har ju deras epost nu, men förmodligen har de haft kontakt med varandra efter förra resan.

På kvällen fick jag besked att de skulle komma om tre dagar till Gällivare klockan sex på kvällen. Jag svarade att vi kommer och möter dem.

Jag meddelade Karl att vi behöver hämta några i Gällivare om tre dagar och att vi åker härifrån vid halv tretiden. Det var ok för hans del.

Under de kommande dagarna hade jag inga aktiviteter förutom att handla mat och fika. Jag gick dock igenom listan på intresserade som svarat efter mitt inlägg i forumet. Jag valde ut ett antal som jag tänkte kontakta senare. Jag och Ida bestämde att vi också måste bestämma när vi ska flytta också. Vi pratade om var vi kunde tänka oss att bosätta. Vi kom överens om att bara Ida och jag skulle åka några dagar efter vi hade hjälpt de nya som skulle komma, att undersöka närområdet där vi kommer in genom portalen. Jag hade inte undersökt området norr om där jag hade mitt första läger. Ola har tidigare sagt om när vi ska flytta så kommer de att hjälpa till att fixa stugor åt oss. Jag hade tidigare pratat med honom om att vi borde förbereda för några nya byar om det kommer många emigranter de kommande åren. Jag har tänkt att undersöka i trakterna närmare gamla Kaunisvaara där de i framtiden kan få tag i järnmalm från den gamla gruvan. Kanske några som är eller vill lära sig att smida.

Jag har också gett Karl rättigheter att förvalta kontot med pengarna som vi använder för att finansiera inköp av saker som behövs i den andra tiden. Det finns ganska mycket kvar och jag har tagit med mig hem ytterligare guld ifall det skulle behövas mer pengar. Eftersom Karl tagit på sig att köra och sköta allt mer av projektet finansieras han via de pengarna vi har. Han tog tjänstledigt ett år från sitt arbete. Jag har också gett honom alla uppgifter på vem han skulle kontakta om han behöver mer pengar och sälja guld. Karl kommer också att flytta så småningom men han har inte så bråttom. Det beror på utvecklingen om portalen minskar i storlek och hur fort det förändras. Men, för min del är det bra att han tar ansvaret på den här sidan så kan jag organisera mottagandet i den andra tiden. När det kommer fler så kan jag se till att några av dem hjälper till så det inte blir för betungande.

När tre dagar har gått åkte vi till Gällivare station och väntade där på tåget. Tåget var bara fem minuter sen och det är bra.

Vi stod längs ner på perrongen och väntade på passagerarna som gick av. Det var lätt att se vilka vi väntade på då de var de enda som hade många resväskor modell större.

Vi välkomnade dem och speciellt de som inte varit här förut. Vi hjälpte till med väskorna och gick till bilen på parkeringen och lade så mycket packning det gick i minibussen och resten i den andra bilen. Vi fick in tolv stycken i minibussen och resten i vanliga bilen, de var smala alla så de fick plats i baksätet. Innan vi åkte från Gällivare stannade vi vid hamburgerbaren och åt, det skulle bli sent som vi skulle komma hem. Vi sade till dem att passa på att sova lite på vägen så att de skulle vara lite piggare när vi kommer fram.

Vi kom fram till stugan klockan nio på kvällen och packade resväskorna på elbilens släp och de steg upp på flaket och satte sig tillrätta.

-Wolf, är du på väg?

-Jag är nästan framme vid stugan!

Wolf hade sprungit från vårt hus hit och för honom var det inte särskilt långt. Jag släppte in honom och presenterade vad han hette och han är från den andra tiden men vi har blivit kompisar och han följer alltid med. Han stod vid sidan av bilen och skulle springa in samtidigt som oss. Jag satte mig vid förarsätet och satte på strömmen och körde rakt mot väggen och passagerarna blev lite rädda att vi skulle köra in i väggen, men istället åkte vi igenom portalen och hamnade i den andra tiden. Solen skulle snart gå ner, men vi skulle ha ljus tills vi kom fram till byn. De fick stiga av släpet och byta om till tunnare kläder innan vi kunde åka. Det gick snabbt för alla att byta och jag började köra igen mot ravinen och körde ner i den och åkte längst efter bäcken. När vi passerade trädet som vi brukade rasta saktade jag bara farten

-Här brukar vi stanna och fika och ta ett bad i bäcken, men nu har det blivit sent och vi vill åka när det är ljust. Ni får komma ihåg platsen om ni vill. Nära byn vi ska till, har de en bättre badplats och där är bäcken lite bredare och djupare. Där kan ni bada när ni vill. Jag pekade på badplatsen när vi körde över bron till andra sidan. Vi kom fram till storstugan och fast vi var lite sena så var de flesta byborna där inklusive barnen som hälsade de nyanlända välkomna. Jag hjälpte till att bära en resväska och de andra fick också hjälp att bära. Rune gick före och tog reda på vilka som var familjer och hur många de var och talade om vilken stuga de skulle ha. De andra som inte haft någon familj som varit här innan visade han till stugan som delats av i tre lägenheter. Det blir lite omplaceringar då det kom ett extra par, men det ordnar de.

Under tiden gick jag och pratade med Ola om hur vi ska göra framåt. Vi pratade om hur vi skall göra när det kommer fler. Jag berättade att jag hade vissa planer på att hitta en ny plats som också är lite närmare där nyanlända kommer in. Jag vill mer stadga mig här där jag mår bra.

När jag kom hem och hade vilat några dagar var det dags för mig och Ida att kolla in var vi kan bo i den andra tiden.

När vi kom igenom portalen jag, Ida och naturligtvis Wolf bytte vi om och startade en av golfbilarna och körde ner till ravinen, den här gången åkte vi uppströms som jag aldrig hade varit till. Vi åkte några kilometer och kom till ett ställe där bäcken kom från två håll och beroende på att det en gång varit en holme man hade får på under sommaren, jag kände direkt igen mig, det var Kepaansaari. Förr i tiden åkte vi hit och badade på högra sidan då det var en liten vik in vid sidan. Eftersom jag åkt med båt där förut visste jag att ovanför den och innan ett ställe som hette Paavosaari fast då var det en djup håla mitt i älven som i folkmun kallades Tervakuopa på tornedalsfinska som betydde ungefär tjärhålet på grund av att en båt sjunk där fullastad med tjära som skulle till Kengis bruk strax söder om Pajala. Vi åkte runt ön till norra sidan och där var bäcken mycket bredare och när jag vadade ut i bäcken var den också mycket djupare än på de ställen jag hittills varit och badat i. Här tyckte jag att det skulle vara bra att ha en stuga i närheten och på östra sidan var det en stor grässlätt som skulle vara utmärkt att ploga upp och ha grönsaksodlingar. Ida gick omkring och såg fundersam ut och tittade ömsom mot bäcken och grässlätten.

-Det är perfekt här! Kanske lite långt till nästa by?

-Ja vet! Men det är inte så långt ifrån portalen och jag tror att det blir många turer dit då det på allvar kommer fler nyanlända som behöver hjälp att komma igång och min tanke är att vi inte ska bo här ensamma utan att det kan bli en välmående by med ett antal hus. Just nu tror jag att vi inte ska lämna fler personer till Olas by, utan vi måste sprida ut dem lite. Jag har också tänkt att ett bra ställe att rekommendera är att bygga upp en by är i gamla Kaunisvaara där det kan finnas tillgång till järnmalm från den gamla gruvan som var där. Det kommer behövas personer med kunskaper om att smida och tillverka tex spisar och eventuellt vagnar.

-Jag förstår. Nej, jag hade inte heller tänkt att vi skall bo ensamma här. Det var det jag kollade på innan. Det blir ett perfekt ställe att hämta vatten och bada i. Det är också säkert gott om fisk i det lite djupare vattnet. Och det finns ingen gräns hur stora odlingar man vill ha.

-Det tror jag också. Men vi kommer att behöva hjälp att såga ner timmer och bygga stugor. Ola sa att de kunde komma och hjälpa till om det behövs i framtiden.

Vi åkte tillbaka till utgångsportalen och jag kontaktade Ola på radion och informerade honom om att vi hittat en bra plats uppströms från dem och att jag ska förbereda med att fälla lite timmer och dra ihop. Ola sade att jag skulle höra av mig när det är dags att, bland annat när vi behöver klyva timret.

EN NY BY

Jag var och handlade flera yxhuvud och några skaft. Yxhuvudet är bra att slå ner som kilar för att spräcka timmer i två delar för bygget av timmerstuga. Jag handlade också fler bågsågar för att såga ner träd. Då jag var på väg att åka till stugan vid portalen ringde Karl att han fått kontakt med ett antal personer som han litade på och som ville emigrera snarast. Det var tre kvinnor och två män som ville flytta, ingen av dem var par utan de var mer bekanta. Det var mer en tillfällighet att Karl hade blivit inbjuden till en födelsedagsfest och diskussionen hade handlat om klimatförändringarna och hur de hade gett upp att ha en framtid då länderna inte kunde eller ville komma överens. Han hade försiktigt frågat hur de skulle göra om de hade en möjlighet att komma från den här världen till en värld där man lever i ett jordbrukarsamhälle utan moderna redskap men ändå kan få ett överskott på jordbruksprodukter och inte varken behöver köpa eller sälja dem. Utan att man i samhället inte behöver några pengar, man delar på allt man har i överskott utan några krav på att få något tillbaka. De hade diskuterat fram och tillbaka om ett sådant samhälle och mer och mer hade de förstått att Karl kände till något som han inte sa rätt ut. Hans förklaringar upplevde de som ytterst verkliga och efter han testat en del argument hade han sagt att han känner på allvar till en sådan plats och kan ordna så man kan emigrera dit. Han hade sagt att de inte fick berätta för någon utan att de skulle tänka igenom om de var beredda på att satsa på en ny framtid utan en luft som var förgiftad av avgaser och utsläpp och i en värld där naturen och människor är i balans. Karl berättade att de lovat att inget säga och att de alla hade återkommit några dagar sedan och sagt att de är beredda att flytta. Han hade fått besked att de var beredda att idag flytta.

Det passade mig riktigt bra när jag nu skulle vara där ett tag och göra i ordning inför den nya byn. Jag kom överens med Karl att han skulle hämta upp dem i bussen där de inte kunde se ut genom fönstren och köra dem till stugan där jag skulle vänta på dem.

Jag lade ner yxhuven och skaften i en Ikea-påse och lite andra saker som kunde vara bra att ha. Olika grönsaker och en kylbag med lite kött och bröd. Jag satt i stugan och hörde en bil som kom igenom skogen och jag tittade ut genom ett litet fönster jag hade på sidan i gaveln och såg att det var vår buss som kom. Jag öppnade hela gaveln och Karl kunde köra in bussen och jag stängde igen gaveln efter. Karl tryckte på knappen så att passagerardörren öppnades. Jag hörde att han sade att de kunde gå ut nu. Jag tog emot dem och presenterade mig men de visste redan att jag var Karls far. Jag frågade om de ordentligt tänkt igenom att när vi kommit till den andra världen så finns ingen återvändo längre och de kan inte kontakta några eventuells släktingar eller vänner. En och en berättade att de var fullt medvetna om förutsättningarna och att de bara tagit med sig det allra nödvändigaste. De två männen var vältränade och stora och jag såg en möjlighet att få hjälp med att fixa stugor, nåja kvinnorna såg också vältränade och skulle naturligtvis kunna hjälpa till också. Jag tänkte jag ska fråga dem när vi kommer fram till den by vi ska skapa. Jag sade till dem att ta sina väskor och gå mot väggen och att jag kommer med direkt vid sidan om dem.

När vi kom in reagerade de precis som alla andra hittills, förundrade och glada. Kanske lite lättnad att det var sant. Det skulle inte varit så konstigt att de innerst inne var tveksamma om det var sant.

-Välkommen till er nya värld. Jag vet inte allt som Karl har sagt till er. Men, välkomna till framtiden. Detta är faktiskt vår egen jord, men långt fram i tiden. Klimatförändringarna gjorde att nästan hela jordens invånare raderades ut av strålningar, svält och katastrofer, redan år tjugohundra tjugofem började effekterna på allvar. Så ni har gjort ett gott val för era eventuella barn o barnbarn. Som ni märker är naturen läkt och i balans.

-Det är ganska nyligen som vi hittat den här vägen in till denna tiden och de som kommit före er har flyttat till en by söder om oss. Men, nu är de lagom många invånare och vi ska bygga upp en ny by. Jag räknar med att ni hjälper till efter eran förmåga och jag kommer också flytta till denna by. Ni kan lägga era väskor på vagnen här och sedan kan ni sätta er tillrätta så åker vi med den här bilen dit. I denna tiden ska vi inte använda några maskiner som pyr ut gifter och koldioxider i naturen. Under uppbyggnaden har vi därför tagit med oss ett antal golfbilar som laddas upp av solen och går på batteri. Men i längden kommer de att gå sönder och då gäller det att gå eller rida på häst för att ta sig fram. Vi har inga hästar ännu, men vi kommer få hjälp att tämja de ”vilda hästar som finns här i området. De är faktiskt inte så vilda och istället är orädda för oss människor, men de lever i frihet. Jag har hjälpt till att organisera och mitt uppdrag har varit att få hit mera invånare för det har varit för få här och rent genetiskt är inte det så bra. Jag har fått en häst att ta mig fram med och jag föredrar att rida istället för att åka med bilen. Men, jag har trots allt mycket nytta av den genom att jag, som nu, kan frakta nyanlända till ett boende. Hunden som ni ser här är från denna tiden och det är min bästa kompis och också den första jag träffade på första gången jag kom till den här tiden. -Han heter Wolf!

Jag bad om hjälp att lasta på en solcell, antenn och radioutrustning. Det behövdes också två stycken som lyfte upp en plog på flaket så vi kunde göra lite markberedning inför odlingar. Jag bad dem stiga upp på flaket och det var gott om plats för de fem.

Efter den här långa men ändå en sammanfattning vred jag om nyckeln och gasade på så att vi rullade iväg. Jag tog den vanliga vägen ner till ravinen och bäcken, men jag ska kolla om jag kan hitta en bra väg direkt till den nya byn. När vi kom ner till ravinen förklarade jag att det var den gamla Torneälven de såg.

-Även om det bara är en bäck har vi stor nytta av den, den ger oss rent vatten, tvättmöjligheter samt att det är gott om fisk i den.

Jag körde uppström tills vi passerade Kepaansaari och åkte fram till högra stranden på den plats vi skulle bygga byn. Vi lastade av packningarna, radion, antennen och plogen uppe vid den lilla skogsdunge som var vid kanten av den stora grässlätten. Jag ställde bilen en liten bit längre bort och tog fram ett par yxor och snören.

-Till att börja med bygger vi en koja under det här stora trädet, den har gott om stora blad som håller bort det mesta av regnet. Jag visade dem de mer spröda men sega småträden och bad att de hjälpte till att hugga ner några stycken och ta vara på bladen och vi band ihop dem till en ganska stor koja där vi alla rymdes att sova i. Vi täckte taket och väggarna med blad så att det var någorlunda tätt. Jag förklarade att det bara är tillfälligt tills vi byggt stugor här vid sidan av skogsdungen. Under tiden de gjorde iordning sovplatser och lade sina väskor vid respektive sovplats knöt jag upp antennen på en gren som jag klättrade upp till. Jag monterade solcellen bredvid kojan där solen skulle lysa på den nästan hela dagen och kopplade in antennen och strömmen till radiosändaren. Sedan slog jag på radion och prövade om Ola eller någon i byn hörde när jag pratade i mikrofonen.

Jag fick svar efter en stund och det var Gun som svarade att de hörde.

-Hej Gun, det är Bertil som kallade och jag tänkte meddela att jag håller på att bygga en liten by uppströms från er. Och jag har fem nya medborgare med mig som jag tror ska trivas här.

-Vad bra. Här går det utmärkt, alla de nyanlända har ett eget boende nu och de verkar trivas bra.

-Du kan meddela Ola att om han kommer den här vägen så kan han inte missa oss, vi har gjort ett tillfälligt läger ovanför ravinen vid en skogsdunge och det syns från ravinen.

-Det ska jag göra. Hälsa dina gäster välkomna till våra trakter och säg att de är välkomna att hälsa på.

Jag avslutade sändningen och berättade vad Gun sagt och att hon hälsar dem välkomna hit. Senare ska jag naturligtvis visa er var byn finns och där kan vi hämta lite mat med oss hit innan vi kommit igång med någon egen odling.

Jag bad dem följa med till skogen som låg lite bortanför den dunge vi var vid. När vi kom fram gick vi in i skogen och det tog inte lång tid innan jag hittade vad jag sökte.

-Titta på växten där, är den inte vacker.

De tittade var jag pekade och alla gick fram för att titta och glada utrop kom från dem när de insåg att det var en ananas. Vi tog med oss fyra stycken tillbaka till kojan. Jag tog min huggare som jag hade i ryggsäcken och högg av en stör som jag kunde göra till ett spjut, jag vässade spetsen och återigen bad jag dem att komma med mig. Vi gick ner till bäcken och tittade ner i vattnet och man såg några fiskar simma där, men det skulle vara för djupt att komma åt dem med spjutet så jag gick lite uppström ovanför den djupa gropen i bäcken och där var det normalt djup. Jag visade och förklarade den teknik jag använder för att genomborra dem och hur man får upp fisken. Jag stod en stund och siktade in mig på en fisk och slungade ner spjutet och tog snabbt handen om stammen så det inte skulle fara iväg i strömmen. Jag kände att det sprattlade och när det avtog vek jag försiktigt spjutet åt sidan och lyfte upp spetsen mot land och en ganska stor fisk hade jag fått.

-Nu är det er tur att försöka få tag i kanske tre fiskar till så grillar vi dem vid elden. Det vill säga om alla äter fisk.

Alla nickade och jag gick till kojan och förberedde en eldstad med stenar runt så det inte skulle spridas någon eld utanför. Jag gick och plockade lite pinnar samt också av de som blivit över efter vi gjorde störarna till kojan. Jag tände igång en eld med min tändare, och tänkte att jag fuskade, men elden tog sig och jag tittade ner mot bäcken och jag såg hur det gång på gång försökte kasta ner spjutet i vattnet men missat fisken. Efter ett tag hördes ett tjoande då de hade lyckats få upp en fisk. De kom upp efter en stund och hade tre fiskar med sig. Jag tog fram kniven och rensade fiskarna och fileade dem. Nu var det bra glöd i eldstaden och jag trädde pinnar igenom var och ett och lu-tade dem mot glöden, men inte för nära så det skulle bli brända. Un-der tiden vi satt runt lägerelden kom jag på;

-Jag presenterade mig, men jag vet inte vad ni heter eller vilken bakgrund ni har.

-Jag heter Elisabeth och är tjugotre år och jag har jobbat som un-dersköterska men är utbildad förskollärare. Jag har ett miljöintresse och det är därför jag kommit.

-Jag heter Kajsa och är tjugofem år och jag är utbildad inom turism och guide på Kiruna folkhögskola. Jag har alltid gillat att vara i naturen och campat mycket.

-Och jag heter Britta tjugotre år jag också och är utbildad fritidsledare och älskar att arbeta med andra människor och vistas också gärna i naturen. Jag har varit arbetslös ganska länge.

-Jag heter Erik tjugotre år och jag har varit gruvarbetare på LKAB men bestämde mig att söka mig hem igen till Pajala. Jag hade väl en plan att börja på Kaunis Iron men har inte ännu fått något jobb. Vi alla här har växt upp här och gått på samma skola. Och det vi har gemensamt att vi tyckt om att vara ute i naturen.

-Och jag heter Olof tjugofem år och varit lastbilsförare. Jag har kört timmer och malm i Pajala några år. Jag och Elisabeth har gått i samma klass när vi gick i grundskolan och alltid stått varandra nära. Och ingen av oss sällskapar med varandra. Men vi är väldigt tajta kompisar med som sagt naturintresset som binder ihop oss. Så det är egentligen inte konstigt att vi ville komma hit då miljön allt mer förstörs.

-Tack ska ni ha för presentationen. Jag kan konstatera att ni har utbildat er och jobbat med saker som jag är övertygad om att detta nya samhälle behöver hjälp med.

Under tiden vi pratade vände jag på fiskarna då de fått en fin färg och det droppade vätska från fiskarna. När fisken var klara tog vi varsin filé och åt med fingrarna. Den var vansinnigt god. Finns det något bättre än nyfångad grillad fisk, jag tror inte det.

-Nu när ni ätit är det någon som är sugen på att göra ett handarbete? Vi behöver såga ner ett antal trä så vi kan göra timmer av den till stugor.

Alla räckte upp handen. Jag lade fram två bågsågar och ett par yxor och reste mig upp och tog en ytterligare bågsåg och min kvisthuggare och gick till den lite större skogen ovanför oss. Jag hittade ett träd med rak och fin stam och började såga nere vid roten. När man sågade i den vinkeln snett emot dig så fick man lätt syra i kroppen och man måste vila då och då. Men jag har märkt att jag orkar mer och mer för varje gång jag är här. Efter att jag började komma igenom ropade jag

-"TIMMER"

Och så brakade trädet ner. Kajsa var snabbt framme och högg bort de grenar som fanns och lade dem vid sidan.

Jag tänkte till Wolf att om han trodde Hero skulle förstå att komma med dig om du kom till hästhagen. Jag frågar därför jag vill inte lämna dom här ensamma just nu och det skulle vara bra om Hero kunde dra timret till ängen där vi ska bygga stugorna.

-Jo faktiskt, jag tror att han skulle förstå om jag kan påverka honom lite. Även om jag inte kan kommunicera med honom så tror jag han uppfattar bilder jag tänker på. Å andra sidan om det inte går får jag en skön motion på vägen. Jag drar iväg med en gång.

Jag tänkte ytterligare till Wolf att jag har lagt undan en filé från fisken som inte är grillad. Ät du den innan då springer iväg.

Wolf sprang iväg efter han åt upp fisken ned efter bäcken.

Både Erik och Olof sågade ner varsitt träd och Elisabeth och Britta hade tagit varsin yxa och tog bort grenar. Jag började såga på ytterligare ett träd och Erik och Olof gjorde det också. Det märktes att de var vältränade och det gick mycket fortare för dem att såga av träden. Jag hade sagt att vi fäller så många vi orkar idag, vi behövde många om vi skulle ha varsin stuga. Sedan kan vi tillverka någon stuga allt eftersom.

Wolf kom tillbaka och efter honom kom också Hero. Han kom direkt till mig och puffade mig på axeln.

-När jag var vid hagen och Hero följde med till grinden så kom precis Ola och några andra och öppnade den. Ola och de andra är på väg hit nu. De har verktyg och rider på hästar, de är här när som helst.

Det tog inte lång tid innan de kom och Ola kom först fram till mig.

-Hej igen! Jag fick ditt meddelande och tog med lite hjälp, de är de bästa på att bygga. Det var ett mycket bra ställe du valt, här finns det stora möjligheter att växa. Tore skickade en hälsning. De har fått ordning på sin organisation och det kommer människor i en strid ström igenom portaler vid kusten.

-Jo det här är en perfekt plats att bygga en by och samtidigt är det ganska närma till att åka till portalen om vi behöver ta emot mer personer. Som du ser har vi några nya nyanlända från vår hemby. Jag ska kontakta Tore sedan och säga att vi startar en ny by och han är välkommen att hänvisa fler nyanlända hit!

-Det blir bra, vad jag förstår har det kommit så många och de vill inte att byn blir för stor där nere. Jag ser att ni börjat fälla träd så vi sätter väl igång och arbetar så gott det går.

-Jag har skaffat yxor och spetsar som blir bättre än stenar för att klyva timret. Jag visade var jag lagt dem och de andra männen gick och tog några med sig.

Jag ropade på Hero och satte fast ett tjockare rem runt bringan så att han kunde dra stockarna dit vi skulle bygga.

Det tog hela dagen att köra det timmer som vi redan fällt och männen var i full fart att klyva dem och högg ut så att timret kunde haka i varandra. Vi gjorde bara väggar och tak och man kan senare göra öppning för skorsten. De lade timret så att det fanns ett antal gluggar och en dörröppning. Vi gjorde lite olika storlekar på timmerstugorna allt från tjugo kvadrat till etthundrafemtio kvadrat för storstugan som skulle vara allmänt utrymme för möten och fester.

INFLYTTNING

Vi höll på med att bygga stugor i flera veckor och Ola och de andra hjälpte till några dagar i sträck och åkte hem igen för att komma tillbaka senare igen. Hero fick jobba med att dra timmer flera gånger per dag. Det gick faktiskt riktigt bra att slå ner de vassa järnen som skulle varit på yxskaftet på ett jämt mellanrum i en rad på längs efter stockarna och successivt slå ner dem efterhand så att det slutligen sprack i två delar. Timret blev lite olika tjockt beroende på hur det sprack, men det spelade inte någon stor roll. Husen var ju i princip bara till för att skydda från solen och att få vara lite privat med familjen. Det blev aldrig kallt på natten, bara lite svalare när solen gick ner och när det regnade varje natt.
Springorna tätade vi med torkad mossa i samband när vi gjorde lagren. Jag hade valt det huset som var närmast ravinen. Jag monterade en antenn och en solcell på vårt tak och likadant gjorde jag på storstugan. På båda ställena monterade jag ihop batteri, laddare och radiosändare.

Vi byggde också ett förråd där byn kunde ha gemensamma saker och verktyg samt förvaring av grönsaker och utsäde. I ett utrymme skulle jag ha som lager till solceller och reservdelar till radion och extra batterier.

Under tiden vi byggde så hjälptes Kajsa, Britta och Elisabeth åt med att köra elbilen med en plog bakom och förberedde ett område som kunde användas till odlingar. De körde flera gånger i omgångar så att jorden vändes upp och blev mjuk och ganska djupa fåror. Vi överlät till dem att bestämma vad som skulle sås först. Vid ett tillfälle när Ola och de andra gjorde en paus och red hem så följde kvinnorna med på studiebesök till deras by och de skulle undersöka vad som växte bra och relativt fort. De körde med golfbilen när de andra red. När jag hade sett på Olas byns odlingar så visste jag att de flesta i byn hade stora kunskaper om odlingarna och hur man skötte om dem. Jag sa till kvinnorna innan de åkte att jag skulle gärna vilja odla potatis och att de kunde undersöka om det skulle gå att få tag i sättpotatis.

När vi bestämde oss att just nu behöver inte bygga mer stugor gick jag en bit bort och tittade på dem, det hade blivit en ganska stor by med ett torg i mitten framför storstugan. Nu saknades det bara mera människor.

Jag satte igång sändaren och anropade Tore eller Rune! Efter några anrop svarade Tore.

-Jag är här.

-Hej! Det är Bertil som pratar.

-Jag hör det. Hur går det för er? Hörde att ni håller på att bygga hus i en ny by.

-Jo tack! Det går faktiskt riktigt bra, vi har gjort tjugo stugor i olika storlekar och nu ser det faktiskt ut som en liten by. Nu skulle vi behöva fylla den med fler invånare.

-Jag vet, jag pratade med Ola häromdagen och han nämnde det. Vi har blivit lite trångbodda och vi har förberett ett antal att vi ska hjälpa dem att få bostad lite längre upp i landet. De hade inget emot det. Vi kommer upp och hälsar på er och vi tar med oss nyanlända till er by.

-Det var bra! Det var därför jag kontaktade dig för att det går bra att skicka ganska många hit. Men, du är välkommen att komma hit.

Dock har vi inga odlingar färdiga så ni får ta med er mat om ni har något över.

-Ingen fara, mat har vi i överflöd så det fixar vi när vi kommer. Jag ska iväg på ett möte nu så jag säger, klart slut!

Nu hade vi kommit så långt med förberedelserna att jag tänkte återvända till min tid och planera för flytt hit. Jag hämtade Hero och sadlade på honom med filten och red snett sydöst för att komma till Hosiojärvi lite snabbare än att ta vägen i ravinen ner och svänga av.

Jag red över den stora myren och genom skogen tills jag kom till Käymäjärvivägen, det var inte så långt ifrån där jag brukar svänga in till stugan med portalen. Men jag fortsatte efter vägen tills vi kom till den andra portalen. När jag kom fram och hoppade av Hero så sa jag till Hero att gå hem. Det verkade som han förstod vad jag sade för han började gå tillbaka mot det hållet vi hade kommit från. Jag och Wolf gick igenom portalen och kom in i garaget. Jag tog på mig varmare kläder som jag hade lämnat i garaget och ringde till Karl ytterligare en gång. han sade att han var i Pajala redan och kunde komma att hämta mig om en liten stund. När han kom åkte vi först till Coop och handlade. Denna gång köpte jag massor av salt och socker samt kaffe och te. Jag har tänkt köpa upp så mycket salt som möjligt för att ta med mig till den nya byn. Karl körde mig hem och for sedan iväg.

När jag kom hem berättade jag för Ida att nu har vi en egen stuga i den andra tiden och nu vill jag att vi på allvar planerar flytten och hur vi ska avveckla allt här. Jag kontaktade Idas syskon och deras familjer om att vi kommer snart att flytta och att de funderar på vad de ska göra. Jag talade om för dem om de bestämt sig för att emigrera kan de kontakta Karl som ska vänta ett tag innan han flyttar. Jag berättade att jag upptäckt att portalens öppning hade minskat något, men att det med samma takt det minskat hittills så har man kanske cirka två år på sig innan det blir kris. Jag kontakta även min dotter och informerade om samma sak. Jag bad dem komma åtminstone på semesterresa och testa hur det är i den andra tiden. Naturligtvis var det upp till dem att bestämma, men jag sade att jag kommer att sakna dem och vårt barnbarn. De svarade att visst kommer de och har semester ett tag. Jag förklarade att även om de skulle vara där flera veckor så skulle inte tiden här gå och det går inga semesterdagar. Även om de inte får tag i mig så håller jag kontakten kontinuerligt med Karl från den andra tiden genom radio.

Jag är övertygad om när katastroferna ökar ytterligare i världen kommer de att bestämma sig för att flytta, speciellt med tanke på att jag berättat hur framtiden kommer att bli för världens befolkning. Hoppas bara att det inte är försent och att portalen försvinner. Det kommer inte finnas mat att köpa då importen kommer att utebli och här uppe i norr kommer det vara svårt att ställa om med odlingar än så länge. Det kommer ju att bli varmare klimat längre fram i tiden, men under tiden kommer många att svälta innan det förändras så mycket. Efter vad jag hört från Tore så kommer krisen redan i början av år tvåtusen tjugo och sedan bara förvärras allt mer.

När jag är ute på nätet ser jag att många internationella medier skriver om människor som försvunnit spårlöst och man spekulerar om det är något brottsligt som ligger bakom försvinnandet. Jag tror dock att det bildats portaler på många ställen och att det är förklaringen. I så fall är det ett hopp om att det kan finnas människor i den andra tiden i de södra delarna av medelhavsområdet.

Ida hade lite svårt att tänka sig att flytta där hon haft sina rötter i hela sitt liv, men samtidigt förstår hon att det inte finns någon framtid för oss i den här tiden. Det är förståeligt att man försöker vänta så länge man kan. Men då finns också faran att det inte finns någon portal kvar. Det är ju en fantastisk värld man kommer till och framför allt det finns mat och ett klimat som är underbart. Det som jag märkt är att jag känner mig mycket friskare i den rena luften som finns där.

Nu var det i alla fall dags att på allvar ta tag i att planera flytten till den andra tiden. Dels måste vi bestämma hur vi ska göra med huset och det blir lite svårt att sälja då Ida har så stora nostalgiska känslor för sitt hem som delvis funnits i hela hennes uppväxt. Jag föreslog att vi överlåter det till Karl, han har ju nu kontroll över pengarna och det skulle vara lätt att skaffa mer om han säljer lite guld. Då kan han betala av lånen som finns kvar på huset och kan säga upp sin lägenhet. Det kunde Ida gå med på.

Det var mycket som skulle göras, dels vilka saker vi skulle ta med oss och köpa sådant vi kan behöva i den andra tiden. Gränsen för vad vi kan ta med oss är att det inte gör några skadliga utsläpp i naturen. Jag beställde via nätet en pall med kokplattor man kan koppla in till solcellerna och som har en spänningsomvandlare från tolv volt till tvåhundratjugo volt. Eftersom vi har hur mycket sol som helst så är det klimatsmart att undvika att elda med ved eftersom det släpps ut koldioxid i naturen vid förbränningen. Alla husen i vår by ska ha möjligheten att ha en platta som drivs av el när man behöver koka mat. I det långa loppet kan det naturligtvis inte hålla hur länge som helst. Men solcellerna är byggda för att hålla femtio år. Jag har tidigare handlat i omgångar solceller som teoretiskt skulle räcka i hundratals år. Under tiden kanske det är någon i den nya världen som kommer på hur man tillverkar saker utan att belasta naturen. Jag är övertygad om att det kommer att utvecklas hjälpmedel i den nya tiden och om vi är konsekventa att inte tillåta några utsläpp kommer det också bli verklighet så småningom.

Jag var också och köpte ett antal sågklingor och motorer som drivs av el. jag köpte även ett antal generatorer som kan generera ström. Min tanke är att man kan bygga en form av kvarn som drivs av bäckens ström och som får generatorn att producera ström. Belastningen på naturen blir när de inte fungerar längre och blir skrot, det gäller att se till att man återvinner eller förvarar skrotet på ett sätt som gör att det inte läcker några skadliga ämnen i naturen. Jag beställde också från Kiruna en slingpump, det är enkelt förklarat en lång slang som rullas på en större kona som ligger i vattnet och tar in vatten samtidigt som den snurrar och när vattnet kommer in i slangen så blir det ett tryck som vattnet får när slangen snurrar och trycker vatten framför sig. Den kan trycka upp till femtiometers höjd. Det skulle innebära att vi kan trycka upp vatten till en kran på torget eller till varje hushåll. Det kan också användas till att vattna på odlingarna om det skulle behövas mer vatten än vad regnet ger. Även om jag sett att Olas by klarar sig bra på den nederbörd som kommer. Man kan fundera, och det har jag gjort många gånger, om det är moraliskt riktigt att bidraga i vår värld till produktion som skadar naturen och använda dem i den nya tiden. Jag kom i alla fall fram till att det var möjligt då det fanns allt detta i lager och hade ändå producerats. Det kanske är fel tänkt, men jag gjorde det ändå. Som sagt tror jag att den egna produktionen i den nya tiden kommer att se till att inte göra några utsläpp över huvud taget.

Min teori är att när det kommer många nyanlända från vår tid behövs hjälpmedel i början för att komma igång. Annars är jag säker på att utsläpp genom eldning kommer att öka. Med tiden lär sig de att leva i samklang med naturen utan större hjälpmedel.

Jag köpte även ett antal olika sorters sättpotatis man kan prova om de växer i den högre värme som är där, till och med mandelpotatis köpte jag även om jag inte tror att de klarar sig att växa där. Det skadar inte att testa i alla fall. Kajsa och de andra kvinnorna skaffade ju lite frö från byn av sorter som var beprövade. Det fanns mycket får så det räknade jag med att kunna få av de andra byarna. När det gäller hästar är min förhoppning att någon i vår by kan lära sig att rida in ett antal som vi kan använda gemensamt i byn.

Vid ett tillfälle var jag på XL-bygg och köpte rundstavar som var lite tjockare, ungefär tio centimeter i diameter. De har jag tänkt kunna vara som rullar i ett kommande sågverk för att göra brädor och utnyttja timret bättre. Eftersom husen bara ska skydda från solen och den direkta värmen behöver de inte vara tjocka timmerstockar man bygger med. Det går att såga ut lite tjockare fyrkantiga bräder som går att sätta i varandra utan att använda spikar genom samma teknik som man sätter ihop timmer i ändarna.

Kastruller och husgeråd packade jag också ihop. Det visade sig att stugan vid portalens ingång blev ganska full av material efter ett tag. Jag hade varit inne och hämtat en golfbil som jag körde till stugan så jag kunde lasta på material och frakta till vår nya by. Jag byggde ett förråd i anslutning till vårt hus som jag förvarade allt som jag tagit med mig. Min tanke är att sedan jag använt och tömt förrådet så blir det ett utmärkt stall för hästar.

De blev lite förvånad i butiken i Pajala när vi var och handlade massor med sommarkläder mitt i vintern, vi sa att vi funderade att åka på en längre solsemester. Vi köpte några ytterligare klänningar och byxor i lite olika storlekar som var på rea. Även blusar och skjortor. Några schalar köpte vi också. Vi var i två affärer så det inte blev allt för nyfikna av att vi köpte olika storlekar.

Jag hade ett specialprogram på datorn där jag kunde ladda ner en hel sajt och kunna använda den lokalt. Jag började med Wikipedias sajt och det var många gigabytes data som fördes över till min dator. Min tanke med det är att om jag behöver lära mig något så finns det med all säkerhet på någon av sidorna. Jag packade med mig två datorer och skärmar samt mina mobiltelefoner och IPad. En skrivare och extra toner samt också några solcellsladdare för mobiler och plattor.

Den sista saken jag fixade var en liten sulky som kan dras av en häst. Den hade plats för två personer som man kan sitta på och eftersom Ida aldrig kommer att sätta sig på en hästrygg kan hon styra ekipaget från sulkyn, den var inte bredare än golfbilarna och skulle kunna ta sig fram i skogen.

När jag fört allt till stugan och kom tillbaka ringde jag upp min dotter och sade att vi nu flyttar, men att de kunde prata med Karl som har kontakt med oss via radio. De kan komma när de är mogna eller om de kommer och har lite semester för att se hur det är där. Vi ringde runt till våra respektive släktingar och berättade om den andra tiden och vad som var att vänta i deras framtid inom några år. De kan komma om de vill och vi lämnade Karls mobilnummer om de kommer. De kunde också komma på studiebesök om de ville. Jag skickade några bilder från den andra tiden så de kunde se hur det såg ut där och vilket klimat det var.

Vi tog bilen och åkte till garaget vid portalen man kom hit till vår värld och lämnade den där. Karl kom och körde oss till stugan och jag bad honom kolla storleken på portalen då och då. Om det börjar närma sig två meter är det dags att bestämma sig innan den vägen inte fungerar längre.

Vi tog med oss de sista sakerna när vi gick in i portalen.

VÅRT NYA HEM

Efter vi kom till vår nya stuga behövdes det inredas med de saker vi hade med oss och vi hade inte någon säng ännu så det blev tillfälligt att ligga på liggunderlag vi tagit med oss. Under tiden byggde jag av det timmer som blivit över till en lång bänk som jag tänkt använda som såg en liten bit från byn och jag monterade klingan med sin axel i två hål vid sidan så att det satt ordentligt fast och inte wobblade. Jag placerade rundstavarna tvärs över så jag kunde skjuta ett timmer på dem mot klingan. Jag kopplade in en solcell och omformaren till en motor som drev klingan med en rem. Jag provade med en mindre timmerstock och det blev väl inte så jämt, men dock det blev en bräda i alla fall. Det finns utrymme för förbättringar och jag ska fråga de andra om de kan komma på hur vi ska få fast rullarna så de inte vrider sig. Men klingan fungerade bra i alla fall. Den snurrade på en lagom fart. Jag provade att göra fler och de skulle till att börja med gå att använda som ett golv istället för jordgolv i stugan. Jag lade in dem i stugan och fick gräva ut när de inte var lika tjocka, det blev några springor men inte så stora och relativt jämna utan att slå i tårna när man går där. Erik kom och hjälpte till med sågen och han var riktigt duktig och han hade ju jobbat på LKAB i kulsinterverket där malmen transporterades på ett band med rullar inunder, han gjorde en konstruktion så de inte kunde fara iväg på snedden. Det blev mycket stabilare och vi sågade stolpar som var tio gånger tio centimeter som man kunde använda till att bygga en säng av. Vi höll på med att såga bräder av olika bredd och tjocklek länge. Det blev en hel del brädor som vi sågade och som alla kunde hämta när de skulle bygga.

Erik fortsatte att såga flera dagar och fick hjälp av Britta och Olof att hålla emot och ta emot bräderna så de kunde läggas i en fin hög. Under tiden drog jag plastslangen jag tagit med mig från torget ner till bäcken där den smalnade av efter den djupare hålan. Det var tur att jag hade skaffat en sådan lång slang som nådde hela vägen dit. Jag fixerade slingpumpen med snören så den inte kunde dras iväg och att den hade rätt köl hela tiden. Jag kopplade slangen till uttaget i bakre ändan som hade en axel som inte vred sig! Jag gick upp till torget och det kom faktiskt vatten ur röret. Jag kopplade en kran i slutet av slangen och vattnet slutade komma. Jag vred på kranen och då kom det vatten i lagom mängd utan att det sprutade för hårt. Till att börja med kan man hämta vatten här och sedan får vi se om vi ska gräva ner en slang in till husen.

Nästa dag kom Tore och han hade med sig tjugo stycken nyanlända. Jag mötte dem och hälsade välkommen till vår by och presenterade mig;

-Jag heter Bertil och det här är min fru Ida som kommer här, jag hoppas ni ska trivas här och komma in i ett nytt liv. Vi ska se till att ni får bo i någon av stugorna och kan jag be er att ställa er familjevis så vi vet hur många som hör ihop.

Snabbt rättade de in sig hos respektive familj. Det var sju familjer och sammanlagt femton personer i olika åldrar. Och sedan var det kvar fem personer som inte tillhörde någon familj. Det behövdes alltså tolv stugor. Vi hade tjugo stugor och då blir det en stycken över för stor-stugan ska vi ha till gemensamma träffar och kanske om det kommer många hit också som överliggning innan vi kan ordna något perma-nent.

Eftersom stugorna inte hade några rum ännu så har de möjlighet att bygga det sedan. De som var störst familj fick de större husen först, sedan hänvisade vi eftersom vi gick i byn.

-Innan jag lämnar er så ni kan lägga in era väskor så träffas vi senare i storstugan där vi träffades och då kan vi presentera oss för varandra och äta lite mat.

-Det var bra, jag har med mig mat som räcker till alla. Har du möjligheter att koka en del av maten. Sade Tore

-Javisst, kom med oss till vår stuga så får du se!

När vi kom in i huset och Tore fick se kastrullen som just nu kokade vatten gick han fram och tittade hur det kunde koka utan eld. Jag såg att han undrade.

-Det här är elektriska plattor som drivs av solcellerna och de är mycket effektiva och ingenting släpps ut i luften. Du kommer att få med dig några hem till dig om du vill ha. Om du inte kan ta dem nu så kan jag ordna så att någon kommer med dem till er.

-Självklart vill vi det. Jag kan säkert binda fast på hästen och ta med mig hem.

-Jag har skaffat en hel del och vi kan fördela dem mellan byarna samtidigt med några extra solceller. Och om du ser i hörnet där har jag en dator om du vet vad det är för något och den får också ström från samma solcell. Jag har hämtat information från vår tid om så gott som allt och speciellt hur man kan göra olika verktyg och hjälpmedel. Den kommer säkert inte fungera så många år, men då har vi säkert lärt oss det vi behöver. Det är som ett digitalt lexikon.

-Det kan komma till pass ifall vi behöver kunskaper också.

-Javisst, det är ju bara att fråga oss via radion så försöker vi ta reda på hur det ska göras. Sedan kan vi komma ner till er och hjälpa till, eller om ni har vägarna förbi. Här står det bland annat hur man gör glas som jag inte hade en aning om hur man gör det.

-Okey, men nu packar vi upp maten och tittar på vad som behöver tillredas och de övriga kan vi lägga in i storstugan.

Vi bar in grönsaker och frukten i storstugan och jag talade om att vi inte har så fina bord som de hade, det är tillfälligt så här. Ida och jag lagade till den maten som skulle vara varm. Vi fyllde några kannor med vatten från kranen på torget och ställde dem på bordet i storstugan. De nyanlända och de fem som hade kommit tidigare kom till storstugan och Tore var redan där och hjälpte till med den sista dukningen. När alla hade satt sig på de enkla pallar vi gjort gick jag upp på utrymmet vid kortsidan som var ett trappsteg högre än golvet i övrigt.

-Hej alla, och välkomna till vår by. Vi har inte bestämt vad den ska heta ännu och det ska vi göra tillsammans. Om ni har några förslag kan ni skriva ner det och lägga på det lilla bordet bredvid väggen här uppe. Det är en glädjes dag att vi äntligen kan utforma byn tillsammans och Tore har säkert berättat att vi egentligen har en regel och det är att vara i samklang med naturen och inte göra så det blir några skadliga gifter som kommer ut i luften. Det finns faktiskt en till oskriven regel och det är att man bidrager för byn det man kan. Och de som har behov ska också få det. Det vill säga att vi delar på allt vi har och hjälps åt så gott vi kan. Erfarenheten från till exempel närmaste by är att man kanske behöver göra något max två timmar om dagen i genomsnitt, resten av tiden kan man göra det man har lust till. Jag hoppas att det finns någon eller några som kan spela eller sjunga musik, det skulle vara trevligt. Om ni kan spela och inte fått med er det instrumentet kan ni meddela mig så kanske jag kan skaffa fram det. Det är också bra att veta om någon har allergier av något slag så ni inte behöver utsätta er för det i onödan. Vi har nyss plogat och det ska vi tacka Kajsa, Britta och Elisabeth som sitter där borta.

Alla klappade händerna för dem.

-Jag tycker att som första åtgärd imorgon försöker vi komma överens om vad vi ska odla och när det ska göras. Jag föreslår att de tre kvinnorna Kajsa, Britta och Elisabeth som har gjort grunden, kan vara ansvariga att organisera det och att alla får en möjlighet att påverka och det gäller även barnen också. Det finns olika frön och lökar som kan sättas ut och vi lägger dem på det här bordet imorgon för att ni ska kunna välja vad som ska sättas först. Med de orden, än en gång välkomna och nu äter vi av maten som Tore hade med sig från sin by!

Det blev applåder och sedan tog alla för sig av maten och vattnet och började äta och samspråka med sina bordsgrannar.

Vi var flera timmar i storstugan och pratade samtidigt som vi åt och sedan drack kaffe/te. När solen började gå ner gick folket till sina stugor och antagligen fortsatte att packa upp och göra det ombonat. Även om de inte hade sängar ännu så hade vi lagt dit liggunderlag vi hade med oss från vår tid. De tog inte stor plats och var lätta att ta med sig hit.

På morgonen nästa dag tog jag med mig Tore och visade den nya brädgården vi byggt och alla bräder som redan var färdiga. Tore studerade konstruktionen noga från alla möjliga håll.

-Vi byggde den igår och det fungerade skapligt och vi tar vara på timret mycket effektivare med smalare bräder som vi kan bygga med. De grövre tio gånger tio kan man använda för husväggar eller bygga sängar.

-Det är genialiskt uppfinning.

-Jo, den drivs av en solcell och klingan som sågar hade jag med mig. Jag har med mig ytterligare två stycken klingor som jag tänkte erbjuda dig och Ola, om ni vill ha den?

-Absolut, det sparar ju också träd och det behövs inte vara så tjocka timmer på väggarna. Men kan såga vilka storlekar man vill. Jag tror att smeden jag pratat om kan tillverka järn som håller rullar på plats samt också att sätta fast stången med klingan.

-Jag skickar med en extra solcell och en omformare som gör om elen till den nivån motorn är gjord för. Tror du att du kan få med dig dessa saker samt spisar? Du kan ju låna en av kärrorna vi har och dra med din häst. Vi har extra kärror så du behöver inte komma tillbaka med den så fort. Du kan ta med dig den nästa gång ni kommer hitåt. Vi har också spik och hammare om du vill ha?

-Spik, hammare vad är det för något?

Jag visade en hammare som låg bredvid sågen som vi använt att spika ställningen med och pekade på en inslagen spik i plankan.

-Jag har ytterligare en sak till att visa dig, men du kanske redan har sett det vid torget.

-Nej jag såg inget särskilt där.

Vi gick bort till torget och jag visade slangen som kom till kranen. När jag skruvade på kranen blev Tore förvånad när det kom vatten. Jag förklarade att det kommer av sig själv, ingen elektricitet som driver. Jag tog med mig Tore ner till bäcken där slingpumpen snurrade. Jag förklarade hur det fungerade när vatten kom in i röret och när pumpen snurrade så trycks vattnet upp av att vattnet skruvas in i slangarna och tar det ända upp till torget. Jag förklarade att om man ville kunde man sätta flera slangar i princip till alla husen och få vattnet in till köket. Tore var helt imponerad och tyckte det också var genialiskt. Om ni skulle vilja ha en sådan skulle jag kunna beställa slang. Annars kan man faktiskt bygga en liknande av de smala träden som såg ut som bambu med hål i mitten. Jag vet att det går att böja dem ganska mycket och om man låter trät ligga i vatten några dagar är de ännu mer böjliga och går att forma runt en tunna av något slag. Tore funderade länge;

-Jag tror att vi ska testa det sista du sade, det kan vara en uppfinning vi kan göra av material som finns här. Vänta jag har en penna och papper här och jag gör en skiss av trumman och jag tror också jag gör en skiss av er såg också när jag ändå håller på. Idag har jag verkligen fått bra idéer av dig som vi kan utveckla själva efter ett tag. Sågklinga kan vara svårt att göra, men det kan gå. Jag tar med mig den och visar smeden.

-Jag kan ta reda på hur man gör starkare metall av järn och jag vet att de blandar med något så det blir jättehårt. Ska kolla på datorn jag visade dig med ett lexikon som säkert beskriver det. Jag kan återkomma till dig när jag kollat upp det.

-Bra, då kan jag informera smeden när du kollat upp. Men, nu ska jag packa för att frakta ner de saker jag fått av dig och jag lånar kärran. Har du något rep som jag kan fästa på hästen så jag kan fästa kärran.

-Jo, vi har extra. Jag ska senare tillverka av skinn några fästanordningar som är bättre och snällare för hästens hud. Det kan jag också fixa till dig också. Har tänkt att jaga något hjortdjur till mat för Wolf och sedan göra strimlor av huden.

Tore packade sakerna på kärran och fäste skaklarna på hästen och vinkade, hej då!

VI UTVECKLAS

Det hade gått en månad och vi har arbetat med husen och alla har nu ett ordentligt golv och rum. Vi satt in fönsterluckor och dörrar hos alla. Det har visat sig att många av de som kom hade goda arbetsskicklighet och de var arbetsamma. De hade svårt att förstå de moderna saker vi hade och speciellt eldrivna bilar. Men, det är inte så konstigt, de hade ju kommit från slutet av artonhundratalet och då fanns det inga batterier i deras värld. Men i denna tiden hade de inte svårt att bygga och tillverka saker. De var vana att göra saker själva och inte köpa det de behöver. Men kan säga att de är bäst av oss alla att acklimatisera sig i den här tiden då de inte känner till något annat. De alla var fattigt folk på den tiden. Ida har fått massor med vänner som har samma intressen som henne. Hon har alltid älskat att plantera växter och sköta dem hela sommaren. Nu är det en enda lång sommar hela tiden. Jag själv har också alltid gillat att hålla på med odlingar av olika grönsaker och jag har sått gurka varje försommar och lagt in som smörgåsgurka i ättika. Nu har jag också satt gurka och plantorna har börjat komma upp de har blivit tjugo centimeter stora och man kan nästan se att de växer för varje dag. Jag håller på att experimentera att sätta vindruvor och de har tagit sig. Det är inte många just nu, men allteftersom kan man sätta frön från druvorna som kommer till nya buskar.

När jag är här har jag en sådan energi och blir inte så trött som tidigare. Ida som har opererat höfterna har haft lite problem tidigare i vår tid eftersom det nästan är tjugo år sedan hon gjorde operationen. När hon gick lite längre fick hon ont i benen och höften. Det konstiga är att sen vi kommit hit har hon inte nämnt det en enda gång. Kan verkligen ren luft göra så att man blir bättre. När jag satt och tänkte på detta kliade jag mig på hakan tankfullt och plötsligt märkte jag att jag inte var skäggig, det var ju mer än en månad sedan jag rakade mig sist innan vi flyttade hit. Kan det bero på att klimatet är annorlunda här, tänkte jag. Eller? Jag fick en tokig tanke.... Berodde det på att det är en annan tid här? Är det därför som när man kommit tillbaka till vår egen tid det är samma tid som när vi gick in i portalen. I så fall är det som tiden står still. Men, jag skakade på huvudet, det är ju omöjligt. Kan det vara så att vi inte åldras här? När jag tänker efter så har jag inte träffat någon här som är äldre än medelålders. Kan det vara så att man åldras tills en viss ålder och sedan inte åldras mer? Det är många frågor som går igenom mitt huvud. Jag måste prata med Ida om detta.

När jag gick hem för att börja göra i ordning någon mat åt oss var inte Ida hemma. Hon var säkert vid planteringarna där hon lägger mycket tid. Jag har inte klagat för jag har också haft fullt upp och har haft mycket att göra med många projekt så här i början av vår vistelse. Jag valde ut vilka grönsaker jag skulle tillreda. Vi har nästan dagligen fått nya grönsaker från Olas by. Det har alltid varit någon härifrån som haft något ärende till den byn och samtidigt tagit med sig grönsaker tillbaka som vi fått genom Ola. Snart kan vi skörda våra egna grönsaker från egen odling. Det växer så det knakar och nu i början har vi hjälpt till att vattna lite mer än vad regnet ger. Sedan kommer vi inte behöva vattna.

Jag kokade upp vatten på spisen och precis då kom Ida tillbaka.

-Hej! Håller du på med maten?

-Jo, skulle just nu börja koka lite grönsaker.

-Bra, jag är lite hungrig. Jag ska bara gå bort till torget och tvätta mig om händerna, kommer med en gång tillbaka.

När Ida kom tillbaka var jag klar med maten och hade tagit fram tallrikar och vatten att dricka. Vi tog för oss och började äta.

-Det är så gott, jag tröttnar inte på att bara äta grönsaker.

-Jo, jag måste erkänna att det går lika bra utan kött.

-Förresten Ida; jag kom att tänka på en mycket mystisk sak idag. Har du haft ont i höfterna sedan vi kom hit?

-Nej det har jag faktiskt inte haft fast jag jobbat med växterna och grävt. Har faktiskt inte tänkt på det alls. Det var mystiskt eller beror det på den rena luften?

-Precis så tänkte jag först. Men, när jag satt och funderade på det kliade jag mig på hakan och upptäckte att det inte har växt en millimeter skägg under den långa tid vi varit här och jag har inte haft några krämpor alls. Inte ens träningsvärk.

-Det har du rätt i. Du brukar ju få skägg redan på ett par dagar. Mmm, vad kan det bero på?

-Jag började pröva en teori om att tiden på något sätt står still här. Men, det kan heller inte stämma. När vi har kommit tillbaka till vår vanliga tid har vi visserligen kommit ut samma tid vi gått in oberoende på hur länge vi varit här. Och samtidigt har tiden fortsatt i samma takt här när vi varit i kontakt med denna tiden från vår tid. I så fall är det bara våra kroppar som stannat i tiden. Det är ju naturligtvis omöjligt. Men å andra sidan är det lika omöjligt att vi kommer tillbaka samma tid som vi går in här. Jag kan då inte förklara det logiskt. Det är konstig fysik här i så fall.

-Ja det är konstigt ju mer jag tänker på det och din förklaring verkar konstig men i praktiken verka det vara som celldelningen i våra kroppar har snabbat på och bytt ut de gamla cellerna successivt med nya. Vi måste prata med Lars fru Greta tror jag hon hette som bor i Olas by hon är läkare och kirurg. Undrar om hon kan förklara och om de har märkt samma som oss.

-Vi måste snart och hälsa på dem och fråga. Jag tycker att vi frågar andra i vår by om de har märkt förändringar. Jag är inte orolig utan det är ju positiva effekter. Men kommer vi aldrig att åldras tro? Det var en sak till jag kom på, jag har inte sett någon riktigt gammal person här. Medelålders människor har vi mött många. Undrar om det är vid en viss ålder som det börjar en process i kroppen? Nej, det kan då inte jag förklara hur det skulle vara möjligt. Jag ska kolla lite i Wikipedia om hur celler fungerar egentligen. Förresten har jag inte sett några gravar heller fast Ola har ju pratat om tidigare generationer. Det kanske är därför att det är många som inte får barn, det kanske inte beror på inavel.

-Men, det skulle vara ganska häftigt om det är så att vi inte åldras mer. Jag är i alla fall nöjd med den ålder jag har och jag har ingen längtan att bli yngre i alla fall. Jag ska prata med Elisabeth, hon är ju undersköterska och kanske lärt sig något om kroppen.

Ida och jag kom överens om att åka ner till Olas by i morgon och prata med Greta och även naturligtvis Ola om varför det inte finns några gamla människor.

Nästa dag tog jag ut Hero och spände fast täcket över hans rygg och Ida kopplade på sulkyn på den häst hon hade valt. Vi tog vägen direkt ner till ravinen och bäcken och när vi kom ner följde vi bäcken neråt. Jag red i en lagom takt före och helt plötsligt kom Ida i stor fart förbi mig;

-FÖRSÖK ATT KOMMA IFATT!!

Hon skrattade gott när hon susade ner vid kanten av bäcken, hon hade bra kontroll av ekipaget. Det var roligt att se att hon törs mer nu för tiden. Hon tar för sig bättre än tidigare. Det beror säkert på att vi inte är bundna till några tider eller arbete en viss tid. Hon saktade in efter en stund och skrattade när jag kom jämsides.

-Det är ju riktigt kul att susa fram! Jag känner mig trygg här i sulkyn.

-Du kör jättebra tycker jag.

Vi fortsatte ner till bron som de byggt över bäcken och körde över till andra sidan och uppför slänten. Vi red och körde sakta mot torget och stannade hästarna där. Vi gick av och knackade på hos Ola och Gun kom och öppnade och blev glad när hon såg Ida.

-Välkomna det var ett tag sedan.

-Vi har haft mycket att göra för att komma igång i byn, men nu har vi gjort så mycket som behövs och kan koncentrera oss åt växter och odlingar. Sade Ida

Ola satt vid bordet och hälsade på oss när vi kom in.

-Ta lite kaffe vet ja. Är det något särskilt ni hade på hjärtat? Frågade Gun.

-Nej inte direkt, vi tänkte bara resonera lite grann och tala om vad vi gjort under den här första månaden. Sade Ida.

Vi berättade vad vi gjort och Tore hade berättat om vår såg som vi gjorde bräder av. Och vi borde ha tagit med oss klingan och det övriga, men det är nog inte så bråttom.

-Jag har funderat lite på en sak som jag märkte igår. Jag satt och var väldigt nöjd över att både jag och Ida mår så mycket bättre i kroppen när vi flyttat hit. Det är som man blir läkt i både själ och kropp. När jag tänkte så kliade jag mig på hakan och upptäckte att mitt skägg inte hade växt på hela månaden. Jag undrade hur det kunde gå till då det brukar växa bara någon dag efter jag rakat mig.

-Ja det är så, ni ser ju att ingen av oss har skägg. Det finns någon som har skägg här i byn och det är en av de nyanlända som hade det när han kom hit. Jag har faktiskt inte reflekterat över det. Sade Ola

-Det är precis som jag inte åldras något här, nästan tvärt om. Jag blir piggare och känner mig faktiskt yngre. Hur gammal är du Ola? om jag får fråga.

-Vi räknar inte år här, men jag förstår vad du menar. Jag har följt tre generationer barn i följd till de varit i den ålder eller vad man ska kalla det som mig. Tre långa livstider.

Jag tänkte för mig själv att han ser ut ungefär som femtio år och då skulle han förmodligen vara ca tvåhundra år gammal. Och han ser verkligen inte ut att vara gammal.

-Hur gamla blev dina föräldrar?

O-Nja, kanske fem livstider kanske.

-Är det alltså så att man växer och förändras till ungefär din ålder idag och sedan blir det ingen förändring?

-Precis, det är då man kan kallas vuxen.

-I vår värld blir man ca två sådana livstider max. Och från min ålder eller någon tid till så blir man försvagad och ofta inte orkar så mycket och blir sjukare. Jag försöker förstå hur det hänger ihop. Jag kan då inte ha någon förklaring vad som då gör att man lever mins tre gånger så lång tid här. Något förändras här. Men jag tror att den här tiden är anpassad att inte bli allt för många personer och därför är det många som inte kan få barn eller endast något. Men det beror ju också på hur många det var som överlevde katastroferna på tjugohundratalet. Och eftersom vi redan har märkt att vi blir friskare och starkare så måste det vara något här i luften som stimulerar att göra kroppen bättre och starkare.

-En sista fråga, men du behöver inte svara om det är känsligt. När folk inte lever längre och dör var tar de vägen. Jag har inte sett någon begravningsplats här.

-Det är inte känsligt, det är för oss naturligt att man lever och sedan dör. När någon har kommit till stadiet då de är på väg att dö så vet man det. Då går de till ett speciellt ställe där det finns naturligt med vilda grönsaker att äta i väntan på avslutningen av livet. När vi vet att någon gått dit, för de talar om för alla att de ger sig iväg, väntar vi några dagar och en av släktingarna går och hälsar på och ser om de lever. Om de har dött hämtar släktingarna kroppen och bränner den till aska och sprider ut i skogen. Det händer ju också att någon avlidit på grund av någon olycka till exempel att de fått ett fallande träd över sig. Då tar också släktingarna hand om kroppen och bränner den. Och om det inte finns några släktingar kommer vi överens på ett möte vem som tar hand om den kroppen. Denna tradition har funnits så långt tillbaka som vi vet.

-Tack så mycket för din information, jag var nyfiken beroende på att jag inte sett några riktigt gamla människor.

-Jag förstår det. Vi har ju nu träffat på som du kallar äldre människor bland de nyanlända. Det kan hända att de kommer att ha en annan tradition hur de gör när någon avlider. Det är naturligtvis inga regler här, de får göra det de tycker är bäst.

-Var bor Lars och Greta som jag kom hit med?

-Jag kan visa dig vilket hus de bor i.

-Tack

Ola reste sig och gick mot dörren och jag och Ida följde efter. Ola pekade ut vilket hus det var och gick sedan tillbaka in i sitt hus. Vi gick till huset och knackade på dörren och Greta kom och öppnade.

-Nämen hej på er, det var länge sedan vi sågs.

-Ja hej på dig. Hur går det för er här? Trivs ni och har ni något att göra.

-Jadå vi trivs jättebra och alla här är så vänliga och hjälper oss och visar vad man kan göra om man vill hjälpa till. Men, kom in och hälsa på Lars han är inne för tillfället.

Vi gick in och hälsade och frågade även honom hur han mådde och så vidare. De bjöd på te och vi tackade ja till det. När vi fått teet så satt vi och pratade om deras tid här och vad de gjort och vad de tyckte om födan här. De var bara nöjda med allt och de kunde inte tänka sig att flytta härifrån.

Efter ett tag berättade jag hela historien om hur jag upptäckte att kroppen inte åldras och att till exempel inte skägget växte. Jag sa att både jag och Ida har märkt att vi blivit friskare och starkare trots att Ida har konstgjorda höfter och har inga besvär av dem här. Jag berättade vilka frågor jag fått svar från Ola och att det verkar som de lever i alla fall till tvåhundra år och längre.

-När du säger det så har vi också märkt förändringen men trott att det här hälsosamma livet gör oss bättre. Men, det du berättar om att de lever så länge kan jag inte på rak arm förstå. Det kan ju som du säger att tiden här är på något sätt förändrad. Men det kan ju också vara något på cellnivå som förändras här, då måste det finnas något i luften vi andas.

-Nu när du säger det har inte heller jag behövt raka mig och jag har faktiskt inte tänkt på det med alla nya intryck jag fått här. Men det stämmer att det fanns inga riktigt gamla här innan vi träffade de nyanlända som var på väg till er med Tore. Sade Lars

-Det är verkligen konstigt. Men samtidigt är det lovade att vi kanske får uppleva livet här mycket längre än vad vi trott. Men du Greta som är läkare måste vara nyfiken på hur detta kan hänga ihop?

-Jo, redan nu går jag i huvudet igenom troliga och inte troliga orsaker. Det ska jag faktiskt studera och fundera på!

Efter vi varit i byn hela dagen och träffade Ola igen bestämde vi att åka hem igen. Vi tackade för denna gången och välkomnade Ola och Gun att komma och hälsa på för att se hur det har utvecklats i vår nya by.

Jag spände på täcket på Hero och Ida kopplade på sulkyn till sin häst och så åkte vi iväg. På vägen red jag upp bredvid Ida och sa att vi skulle ta vägen förbi utgångsportalen och att jag skulle skriva ett meddelande till Karl om de nya kunskaperna vi fått. När vi kom fram stannade jag och tog upp ett litet block jag hade i fickan. Jag skrev ner hur vi upptäckte att tiden här är annorlunda och förklarade bakgrunden till våra nya kunskaper och att de som bor här kan bli över tvåhundra år gamla på grund av något som finns i luften eller jorden som vi får i oss genom att vi äter odlad mat. Vi tyckte att dessa fakta gör det ännu mer prioriterat att han på allvar funderar på att komma. Vem vill inte leva längre i det fina klimatet som är här. Jag skrev att han skulle kontakta sin syster och berätta vad jag nu har skrivit. När vi kommer hem ska jag kontakta honom på radion och säga att det finns ett meddelande i garaget som jag slängt in genom portalen. Om han inte svarar nu så har vi ju regelbundna samtal där han kontaktar oss.

LIVET GÅR VIDARE

Det har nu gått tre år sedan vi flyttade hit till den här tiden och livet var behagligt och roligt. Under de här åren har det kommit många emigranter till vår by som nu blivit riktigt stor. Till vår glädje har Mimmi och hennes man och vårt barnbarn flyttat hit för ett halvår sedan. I den andra tiden hade Donald Trump blivit omvald som president och fortfarande inte vill göra något åt utsläppen fast det blivit fler katastrofer än någonsin i sin egen bakgata. Alla trodde på hans löften att han skulle göra Amerika stort och framgångsrikt igen. I verkligheten har land efter land slutat att samarbeta med USA och levererar inga varor till dem då fortfarande USA har höga tullar på sin import.

Samtidigt som Mimmi kom hade hon med sig vänner som nu kände att det inte gick att bo kvar då redan nu märktes att det var svårt att få tag i varor. Hennes vänner som bodde i södra Sverige hade sett bilderna jag skickat till Mimmi och efter de årliga återträffar de hade haft, kom de överens om att emigrera hit med sina respektive familjer. De var över trettio personer totalt. Även Karl har flyttat hit med en flickvän han hade varit ihop med ett par år. Även hennes syskon och föräldrar flyttade också hit. Karl åkte ibland tillbaka till den gamla tiden och planerade och organiserade personer som tog över där. De hade varit på studiebesök här och visste hur livet var här. De ville avvakta lite innan de skulle emigrera då de försöker övertyga släktingar och flytta hit. De har fått ta över konton med pengar för att finansiera inköp som behövs. De skickar också in i portalen saker som vi ville ha. Själva portalen man kommer tillbaka till den gamla tiden har nu minskat till tre meter brett och högt, så det är max två år kvar innan den försvinner. Men de ansvariga håller noga kontroll hur portalen minskar så de inte missar att komma in. Portalen in har inte minskat så mycket, max en meter.

Fast byn växt ordentligt är vi fortfarande självförsörjande på mat och dryck. Mina odlingar med vindruvor har gått över förväntan och vi har fått rikliga skördar av druvor. Några som emigrerade hit var jätteduktiga på att göra vin av druvor så vi hade dryck för festliga tillfällen. Vi hade också fått en ganska stor hjord av kor som vi mjölkade och även några slaktades någon gång när mjölken sinade. Det fanns några som fortfarande tyckte om att äta kött. Jag själv åt kött väldigt sällan nuförtiden. Vi hade också får som också mjölkades och vi gjorde ost av den mjölken. Ett antal hästar hade vi också skaffat. Vi hade gemensamt beslutat att vara restriktiv med att ta upp för mycket fisk från bäcken så att det inte skulle bli utfiskat. Det fanns särskilda bybor som höll reda på hur många fiskar man kan ta från bäcken så att balansen hålls. Naturligtvis hade vi frigående höns och några tuppar och ägg var en favorit på frukostborden.

Jag och Ida mådde lika bra som för tre år sedan, kanske rent av ändå bättre. Ida var speciellt lycklig att fler släktingar bosatt sig i byn.

Jag har under lång tid planerat att undersöka hur världen utvecklat sig norr om oss. Vi var några stycken som pratat att undersöka om det finns byar längre upp och hur de i så fall lever. Erik har pratat om att han skulle vilja se hur det ser ut i Kiruna och vad som hänt där. Vi har kommit överens om att göra resan när vi känner att vi har gjort färdigt här.

Under året kom Wolf en dag och hade med sig en tik till byn. Tiken var på sin vakt och det tog lång tid innan hon accepterade oss och kunde slappna av. Hon hade inte någon telepatisk förmåga, men det verkade som Wolf på något sätt gjorde henne lugn. Under de senaste veckorna hade vi sett att hon verkade lite långsammare och hon gick upp i vikt. Vi förstod att snart skulle hon ha valpar. Det ska bli spännande om Wolfs gener och förmåga ärvs till valparna, en lite chans bör det finnas.

När vi stod där och spekulerade om hur det skulle bli med valparna kom Kajsa springande och hon flämtade fram;

-Det är någon som har ryckt upp plantor och skurit av flera grönsaker i odlingen. Det var i den delen av odlingen som vi skulle skörda om ett par veckor. Jag vet inte vad som hänt. Ingen i byn skulle bara rycka upp hela plantor. Jag såg massor av spår från stora fötter i gångarna. Och Britta är försvunnen, hon var kvar där och rensade ogräs när jag gick för att hämta vatten och när jag kom tillbaka hittade jag inte henne.

Vi sprang alla till odlingen och tittade på förstörelsen som hade varit där. Vi såg också släpspår från mindre fötter. Någon eller några har haft bråttom att ta grödorna. Det måste finnas tjuvar som gjort detta och tagit Britta. Hittills har vi inte sett eller hört om några som burit sig åt så här. Tvärtom snarare, här har alla tagit sitt ansvar och hjälpt till så gott de kunnat. Vi blev chockade av att detta skulle kunna hända här som allt är i balans och framför allt att om någon främmande skulle komma förbi så hade vi gladeligen gett dem vad de behövde. Hela min värld rasade ihop när jag förstod att jag varit naiv och att jag trott att detta är en perfekt fredlig värld.

-Det här måste vi gå till botten med! Det kan i längden bli en katastrof i vårt samhälle om vi inte kan lita på människor. Vi måste söka upp den eller de skyldiga och undersöka vad det är för några som gjort detta. Vi måste i första hand hitta Britta! Sa jag nervöst

Vi sprang tillbaka in i byn och ropade på att alla skulle samlas. Byborna kom från alla håll och såg rädda ut då vi aldrig förut kallade på dem. När alla var samlade förklarade vi vad som hänt och att Britta var försvunnen, troligtvis bortrövad mot sin vilja. Vi uppmanade dem som kunde handskas med någon form av vapen skulle hämta dem så vi kan söka efter Britta. Vi hade flera av byborna som var duktiga med pilbågar de hade gjort för att jaga hjortar och de sprang snabbt hem och hämtade dem. Några hade tagit med sig en yxa och jag själv sprang hem och tog fram min hagelbössa som jag inte hade använt på länge. Jag satte på mig patronbältet och tog även kvisthuggaren med mig.

När alla var samlade igen så kom vi överens om att utgå från det värsta och att det troligen är farliga människor vi ska söka efter. Vi var tjugo män och kvinnor. Jag kallade på Wolf att han skulle komma hit och hjälpa oss att spåra efter förövarna. Han kom springande i hög fart. Alla som nu hade hämtat någon form av vapen gick bort mot odlingen så att Wolf kan hitta spåren.

-Jag har hittat spår av ett par människor som vi aldrig har träffat förut och det är inga problem att följa.

Vi gick i samlad tropp efter Wolf i snabb gång. Wolf fick stanna flera gånger för att vi inte skulle vara för långt efter. Vi gick rakt österut i flera timmar. Det verkar som de var långt ifrån oss och det förklarar varför vi inte träffat på dem tidigare. Det hann att bli skymning utan att vi träffade på någon så vi kom överens om att vila de få timmarna som det är mörkt.

FARAN

När det ljusnade fortsatte vi att följa Wolf som spårade.

-Här är det fler spår och det färska går rakt fram. Men, jag hör något svagt ljud lite längre fram.

Jag satte upp handen och pekade framåt och satte fingret över läpparna. Alla förstod och smög försiktigare hukande. Vi kom fram emot skogskanten och genom bladverken såg vi en större öppen plats. Det fanns ett antal hus eller rättare sagt slarvigt byggda skjul och en skräpig gård med stolar och bord. Vi kunde inte se några rörelser och viskade till varandra att sprida ut oss lite och avvakta innan vi gör något. Vi hade ögonkontakt med dem som var vid sidan om oss ifall någon skulle göra något tecken på att de sett något. Erik gjorde ett tecken och pekade med sin pilbåge åt höger sida av byn och jag såg att det fanns en bur och en man som satt och såg ut att sova utanför buren.

Jag tänkte på att Erik hade varit i byn alldeles från början och han visade sig vara en praktisk man som kunde fixa saker. Han började ju med att fixa till sågverket när vi hade fällt timmer. Efter Tore hade fixat runda lager som smeden gjort till oss förfinade Erik konstruktionen så att vi fick bra brädor i olika dimensioner. Det visade sig att han hade en helt fantastisk förmåga att tillverka av olika trädsorter. Han använde yxa och kniv och gjorde vackra muggar och tallrikar som hade vackra mönster.

En dag kom Erik och bad mig komma med honom för han ville visa något till mig. Jag följde med till utkanten av byn och på en öppen plats fanns det en stor rund måltavla målade med olikförjade ringar. Han tog fram en pilbåge som han tillverkat och spände den och sköt mitt i prick trots att det var säkert trettio meter fram till tavlan. Jag fick prova att skjuta men pilen landade halvvägs från tavlan. Han berättade att han under flera månader stått och tränat att skjuta och modifierat pilbågen allt eftersom.

Erik berättade om sin bakgrund och att han varit FN-soldat i Afghanistan, men när jag frågade honom om sina upplevelser där ville han inte ville berätta några detaljer. Han sa dock att då fick han avsky för krig och militärer. Han berättade också lite om sin uppväxt då han var en arg ung man som ofta kom i slagsmål och hamnade snett i samhället. Men efter militärtjänsten hade han fått ordning på sitt liv och därför vistades mycket ute i naturen med sina vänner som nu också bodde i byn. Jag var med honom ett antal gånger för att jaga hjortar och det visade sig att han hade en enastående förmåga att spåra och tyst närma sig djuren. Inte en enda gång missade han när han sköt pilarna. Under de turerna vi gjorde blev vi riktigt bra vänner trots våra åldersskillnader. Han var verkligen en person som delade med sig och hade alltid ett gott humör och gärna hittade på hyss. Jag erbjöd honom att jag kunde beställa några pilbågar från vår gamla tid men det ville han inte. Däremot ville han gärna ha pilar med ordentliga fjädrar och spetsar. Jag fixade det genom vår kontakt i den gamla världen. Jag passade i alla fall på att beställa ett antal pilbågar för att andra också skulle kunna träna upp sig. Vi var ju inte så många som åt kött, men vi som ändå gillade att äta kött ibland måste då kunna jaga och skjuta. Erik var en bra lärare och flera både kvinnor och män blev ganska skickliga på att skjuta. Och med de nya pilarna var Erik ännu mer träffsäker.

Redan då hade jag tänkt, om jag hamnar i trubbel så skulle jag vilja ha Erik vid min sida. Det var självklart att Erik skulle följa med när vi ska utforska längre upp i norr. Han var också nyfiken på att se hur Kiruna ser ut i dagens tider.

Jag ruskade på huvudet och kom tillbaka till verkligheten vid tjuvarnas by.

Jag tecknade till Erik att vi går runt till högra sidan genom skogens kant. Vi smög till baksidan av buren och såg att Britta låg där inne. Jag kastade en liten sten mot henne och hon sprätte upp och tittade mot mig och jag lade fingret ovanför munnen och hon förstod och rörde sig inte. Erik kröp försiktigt närmare sidan på buren och tog av sig halsduken han hade om halsen och tog tag i ändarna och med tysta steg och hukande kom bakom mannen och satte halsduken över hans mun och mannen försökte koma loss men Erik höll ett hårt tag om honom. Inte ett ljud fick mannen fram. Jag tog hagelbössan och slog honom i bakhuvudet så han svimmande. Snabbt öppnade vi buren och hjälpte ut Britta och sprang in i skogen bort till de andra.

-Hur är det med dig Britta? Viskade jag till henne. Är du skadad?

-Det är bra de hade inte hunnit göra något igår. Viskade hon tillbaka. Det är ett gäng med män som har en ledare som satt på en tron framför det mittersta huset och han hade en krona på huvudet. Jag såg i går att de hade flera människor som slavar, både män och kvinnor. Jag såg att de slog en kvinna och misshandlade en av männen. Det här är riktigt onda människor, vi måste stoppa det här.

Vi drog oss lite längre bakåt och planerade hur vi skulle göra. Erik sprang iväg till mannen som låg avsvimmad och knöt fast hans armar och halsduken över hans mun och släpade honom till oss. Vi avdelade två stycken som skulle vakta honom så han inte kunde varna de andra. Vi frågade Britta om hur många män hon trodde det var och hon sade att det fem-sex stycken och man kan inte ta miste på vilka de är då de hade tatueringar på armar och i ansiktena. Hon sade att de människor de hade som slavar låste de in i det huset som var mittemot tronen. Vi bestämde oss för att dra oss åt vänster sida och studera vad det är för lås på det huset. Vi kom överens om att de som hade pilbågar skulle sprida ut sig så de hade kontroll över gården och dörrarna på de andra husen. Vi smög runt huset där slavarna fanns och tittade efter hur de hade låst. Det var bara en klyka och jag gick sakta fram och lossade klykan och öppnade dörren. De som var innanför såg helt förskräckta ut och jag viskade till dem;

-Vi är vänner och befriar er, gå ut och runt hörnet så tyst ni kan. De började gå tyst igenom dörren. Då slets dörren upp på huset mitt emot och en stor karl med tatueringar rusade mot oss. När han var halvvägs mot oss stupade han i backen av en pil som träffat honom i sidan. Han skrek som en gris och gnällde. Fler män kom ut och de stoppade när de fick se oss. Jag ropade;

-LÄGG ER NER PÅ MARKEN ANNARS SKJUTER JAG!

Männen tittade på mig en stund som om de beräknade sina chanser.

-NI ÄR OMRINGADE, LÄGG ER NER.

Männen slängde ifrån sig de påkar de hade i händerna och la sig på marken. Våra män och kvinnor kom fram och siktade på dem med pilbågarna och var beredda om männen försökte göra något. Erik gick fram och bakband en efter en. Ledaren, han som låg och skrek av smärta försökte resa sig med Erik tryckte ner honom och bakband även han. Nu låg fem män på marken bakbundna. Erik gick bort till stugan och kontrollerade om det fanns någon mer där, men det var tomt. Erik fortsatte till de övriga stugorna och konstaterade att ingen fanns kvar där inne. Två stycken av byborna höll varsina män och reste upp dem och höll fast dem. En av dem som vi hade befriat gick fram till ledaren och spottade honom i ansiktet. Sen vände han sig mot oss och sa;

-Tack! För att ni räddade oss. Vi har varit fångar här under en lång tid och de har skändat oss alla och speciellt våra kvinnor. Dom har inte rätten att leva så jag vill slå ihjäl dem till döds.

-NEJ! Vi kan inte döda dem, då är vi inte bättre än dem. De måste dömas av en domstol på ett riktigt sätt. Vi tar med dem till byn och ser då hur vi ska göra det.

Mannen lugnade ner sig. Och berättade att de har kommit norrifrån och var på väg att leta efter om det fanns någon by längre ner. De här männen överföll oss och har tvingat oss att passa upp dem och arbeta med att fiska och söka mat. Vi blev hotade om någon av oss försökte fly skulle de skära halsen av de andra. Vi vågade inte göra något annat än att göra som de ville.

Vi samlade alla våra män och kvinnor och började gå hemåt. Det gick inte så fort när vi var tvungna att stötta och hålla upp honom som fått en pil i sidan. Vi hade dragit ut pilen och dragit en tygbit ovanför såret så det slutade spruta ut blod.

När vi kom fram till byn och byborna fick se männen så backade de undan av rädsla. Vi band fast männen sittande på en av altanerna där vi kunde linda ett rep runt så det inte skulle komma loss. Jag gick hem och startade radion och tryckte på sändknappen och sa att jag sökte Tore. Efter en stund svarade Tore att han var närvarande. Jag berättade vad som hade hänt och att vi fångat sex män som vi har bundit fast här.

-Jag vill att ni ordnar med någon form av rättegång då jag inte har eller känner till lagarna här.

-Vi har inte skrivit några lagar förutom att vi kräver att alla ska hjälpa till så gott de kan och att alla måste vara rädd om naturen. Men, håll dem kvar hos er så rider vi i väg om en stund och kommer till er. Vi är väl hos er imorgon bitti!

-Bra, vi ska bevaka dem i natt och tills ni kommer! Klart slut

Vi såg till att de fängslade fick vatten och mat och Elisabeth som hade jobbat på vårdcentralen tvättade och rengjorde såret på ledaren som fått pilen på sidan av kroppen. Det var inte allt för allvarligt och blodet hade slutat rinna ur såret.

Fyra stycken tog på sig att vakta de bundna under natten så att de inte kunde fly härifrån. Och jag gick hem till Ida och berättade mer utförligt vad som hade hänt när vi kom till tjuvarnas by och hur vi lyckades befria Britta.

-Det hade ju kunnat hänt dig något när du anföll mannen och själv råkat illa ut! Sa Ida och såg orolig ut i ansiktet.

-Jo, jag hade nog inte gjort det om jag hade varit ensam men Erik är en jag litar på och hans förmågor, min respekt bara ökar för varje år för hans kunnande i olika situationer. Utan honom vet jag inte hur det skulle gått. Men jag måste erkänna att jag fick en knäck när jag insåg att det kanske inte är den perfekta världen som jag känt i dessa år vi bott här.

-Vi får hoppas att detta bara var en ren tillfällighet. Men vi kanske måste vara försiktiga framöver.

-Det bara förstärker planen att undersöka ett större område hur utvecklingen har gott bland annat norrut.

Vi gick och lade oss och sa god natt till varandra.

RÄTTEGÅNGEN

På morgonen åt jag och Ida frukost och det knackade på dörren. Det var Erik som sade att Tore kom precis. Jag avslutade frukosten och gick ut och hälsade på Tore och sa att det var bra att han kom så snabbt.

-Det gick bra att rida hit, vi stannade en liten stund då det blev mörkt.

-Kom in och drick en kopp kaffe. Var är de andra?

-De gick till storstugan och där fanns också kaffe

-Kom in

-Hej Ida, hur är det?

-Det är väl okey, vi är väl lite till mans chockade över gårdagen. Skönt att Britta klarade sig i alla fall.

-Vi ska ta tag i denna historia och få reda på hur detta gick till.

Tore satte sig och jag hällde upp kaffe till honom. Vi gick igenom en gång till vad som hände under gårdagen. Tore sa att vi måste höra dem som hade varit fångade först för att få en bakgrund.

-Vi ska organisera det. Idag skulle Elisabeth prata med dem och försöka lindra deras hemska upplevelse. Eftersom de hade blivit skändade både till kropp och själ. Du kan prata med dem i enskildhet och höra deras historia. När Tore druckit upp sitt kaffe gick vi till storstugan och

Tore studera de bundna männen innan han gick in. Vi organiserade så att Tore fick prata med de drabbade i en lugn miljö.

Efter det sa Tore att det var dags att förhöra männen som hade gjort detta. Vi satt med några stycken när Tore ställde frågor till männen. Han började med en av männen som enligt de drabbade inte hade varit så ond mot dem, snarare att han bett om förlåtelse för vad de gjorde. Mannen svarade på alla frågor som Tore ställde och under tiden såg han väldigt skamsen ut. Han berättade att de rymt från ett fängelse i norra Finland och när de sprang igenom en skog så hamnade de plötsligt i denna varma världen. Ingen hade fattat vad som hänt och de fortsatte att dra sig norrut på andra sidan ravinen. Det hade gått några dagar innan de träffade på en skara människor och han som var ledare tog fast dem och hotade att döda dem om de inte lydde. Han utsåg sig till kung och vi var hans beskyddare.

-Han är inte klok och vi vågade inte göra något och bara spelade med. Han satt inne för mord och han skulle mörda igen om han ville. Sa mannen.

Tore förhörde en och en av de andra männen förutom ledaren. De pratade inte så uppriktigt som den första mannen, men de sade i alla fall att ledaren är galen och man säger inte emot honom. När Tore förhörde ledaren var det uppenbart att detta var en störd man som var galen och sjuk i huvudet. Han spottade och skrek att han skulle mörda oss allihop och han var kapabel att göra det bara han kom ur sina snören som han var fastbunden med. Efter förhören samlade Tore oss som varit med och lyssnat och sa;

Det är helt klart att de är rymlingar från fängelse och att de råkat komma igenom en portal i skogen på finska sidan. Hade vi haft lagar och valda domare och jury skulle de definitivt blivit dömda för sina handlingar. Men, jag tycker inte vi kan ta lagen i egna händer innan vi har kommit överens om vilka lagar som ska gälla här och att tillsammans välja människor som kan döma och försvara brottslingar. Jag har funderat på vad vi kan göra, men jag vill höra er mening först.

-Jag tycker också att det är ett dilemma, fast jag är övertygad om att de är skyldiga, men vad skulle i så fall bli påföljden? Inte kan vi bygga ett fängelse och ha vakter och allt som hör till. Nej, vi måste lösa detta på ett annat sätt men inte släppa dem fria. Sa jag

-Menar du att vi ska ta död på dem? Frågade Tore förvånad.

-Nej, Nej, det menar jag verkligen inte. Jag är och har alltid varit emot dödsstraff. Min åsikt är att människor som gjort brott måste rehabiliteras. Men, jag tvivlar uppriktigt att ledaren någon gång bättrar sig då han är sjuk bortom all hjälp. Däremot har jag ett förslag hur vi ska göra. Men jag vill höra er andra först.

Det var inga andra som hade ytterligare förslag, förutom att de inte kan släppas fria.

-Jag har inte heller någon lösning. Sa Tore. Vad är ditt förslag?

-Jag tycker att vi överlämnar dem till polismyndigheten i vår gamla värld. Först tar vi reda på om det är från vår gamla tid som de har rymt ifrån, och om det är det så kommer naturligtvis polisen sätta dem tillbaka i fängelset. Ledaren är ju tydligt redan dömd för mord och de andra verkar också dömda för grova brott. Jag tycker vi frågar han som du pratade med först och frågar vilket år han blev dömd. Är det i vår tid så kan vi säkert genom radion få de som hjälper oss på andra portalen ta reda på om det var en rymning av sex fångar.

-Det var ett riktigt bra förslag tycker jag. Sa Tore och fortsatte;

-Om ni tycker samma som oss. Och vände sig mot de andra närvarande.

Alla nickade och tyckte det var en bra idé och att det löser våra dilemman för den här gången.

Jag sa att jag går och kontaktar våra medhjälpare på andra sidan portalen efter vi fått reda på vilken tid de kom ifrån.

-Vänta, jag ska fråga om vilket år de fängslades först. Sa Tore

Han gick tillbaka till fångarna och viskade i örat på mannen han först hade förhört. Han svarade något och Tore kom tillbaka till oss.

-Det var år tjugohundra tjugoett, så det var på din tid.

Jag gick hem och kallade på radion och bad dem kolla efter jag hade sammanfattat vad som hänt. Han svarade direkt att det har stått i tidningarna och på nyheterna hela veckan om deras rymning och att de kan vara beväpnade. Jag förklarade att de måste hjälpa oss och ta emot dem i garaget och lämna dem på något ställe och ringa polisen anonymt så att de kan hämta in dem. Vi kom överens om att jag kontaktar dem när vi är vid portalen som går ut härifrån och ser till att fösa in dem till er. Han skulle prata med några kompisar som kände till vår värld och som kunde hjälpa till att se till att de inte kan rymma.

Jag berättade för de andra vad vi kommit överens om och att jag behöver hjälp att frakta dem till portalen. Tore, Erik och några till hjälpte till att frakta dem med en av golfbilarna till portalen.

När vi kom fram tog jag micken och anropade dem. De svarade och sa att de nu är i garaget och väntar. Han sa att de var sex stycken där.

-Okey, jag skickar in första.

Och tog en av brottslingarnas arm och tvingade den igenom portalen och jag kände hur han drogs in.

-Gick det bra sa jag på radion.

-Jo, vi har honom här.

Vi gjorde samma med resten männen och bad våra vänner att höra av sig när de hade fixat allt. De sa att de hör av sig så snabbt de kan. Vi hade kunnat gå ut själva med dem, men jag ville inte chansa på att vi kunde komma in igen. Jag hade lovat mig själv att inte fara tillbaka någon mer gång. Naturligtvis håller våra vänner uppmärksamt reda på hur stor portalen är. De har tänkt att komma in när portalen börjar försvinna.

Vi gick tillbaka till vårt vanliga liv efter vi fått bekräftelse på att brottslingarna var tillbaka i lås och bom.

Tiken fick åtta valpar och mådde fint. Men vi kunde inte uppfatta om de hade någon telepatisk förmåga. Wolf hade berättat att han inte märkte av förmågan förrän han blev äldre. Alla i byn älskade valparna och hjälpte tiken att hålla reda på dem.

Efter några månader återupptog vi våra planer på att utforska upp norrut. Skillnaden nu var att vi var beredda på att alla kanske inte var så fredliga som vi tidigare trott. Dagen närmade sig då vi bestämt att vandra iväg. Det blev Jag, Erik, Olof och Kajsa som skulle undersöka.

Ida var inte så glad över att jag skulle vandra iväg på en lång tur som säkert tar flera månader. Men, hon hade sagt att vi inte ville ha någon överraskning med att onda människor kommer till byn och att vi inte är beredda. Samtidigt har Ida sagt att hon skulle förbjuda mig att åka om det inte var så att Erik följde med. Erik som alla ser upp till efter hans agerande när han befriade Britta från fångenskapen. Jag har lovat Ida om vi hittar någon radiosändare så kommer jag att höra av mig.

Vi red på varsin häst och vi hade med en extra häst med packning av saker vi trodde att vi skulle behöva. Vi vinkade och jag kysste Ida och sa hej då. Naturligtvis följde Wolf med oss vilket gjorde mig glad.